文学书馆
当代中国

梨花院落溶溶月

官开榁 著

中国文联出版社

图书在版编目（CIP）数据

梨花院落溶溶月 / 官开椊著 . -- 北京：中国文联
出版社，2017.10（2023.3 重印）
ISBN 978 - 7 - 5190 - 3209 - 8

Ⅰ . ①梨… Ⅱ . ①官… Ⅲ . ①散文集—中国—当代②
随笔—作品集—中国—当代 Ⅳ . ①I267

中国版本图书馆 CIP 数据核字（2017）第 258996 号

著　　者　官开椊
责任编辑　刘　旭
责任校对　乔宇佳
装帧设计　中联华文

出版发行　中国文联出版社有限公司
地　　址　北京市朝阳区农展馆南里 10 号　　邮编　100125
电　　话　010 - 85923025（发行部）　　85923091（总编室）
经　　销　全国新华书店等
印　　刷　三河市华东印刷有限公司

开　　本　880 毫米×1230 毫米　　1/32
印　　张　7.25
字　　数　163 千字
版　　次　2023 年 3 月第 1 版第 2 次印刷
定　　价　68.00 元

序

执着是壮丽，执拗是坚强。

这是我从来深信的规律，历久弥新。或许，人从母亲的肚腹里分娩脱胎，再从婴儿的襁褓里走出来，就意味着要在黑黝黝的山洞里摸索，探寻人生的长征之途。在这样的惘然的空间里彷徨，总免不了凄切而孤寂的失落。就像那在崎岖而陡峭的山路上踟蹰而前的人们，渴望寻觅到熟稔津甜的野果或芳醇甘洌的泉水，但是倦怠和艰辛和他们形影不离。酣畅淋漓的人生是愉悦的享受，然而谁能告诉我一帆风顺是冠冕堂皇的定理？没有人，我想。

几经跌倒，几经爬起，十几年的生活便是这般。生命的季节告诉我：海棠嫣红了，石榴橙紫了，蔷薇淡黄了，菊花雪白了……在日复一日的过程中，和时间在磕磕碰碰地赛跑。有时真是弄得面目憔悴，心神无主。但是，怨天尤人有什么用呢？还不如按卡耐基说的那句话去实践："生命是回力板，你付出什么，便收回什么。"牢记否定之否定规律在人生旅途的作用，应该没有蛊惑心灵的弊害。况且，人像磨床上的砂轮。失去一个已经被磨钝的磨粒，能获得另一个更加尖利的刃角。

在我偾张的血脉里流淌的血液中，迸发的是一种生命的所

向披靡的张力，我如此自信着。登巍峨长城观日出，折馥郁花
枝饰书窗，飞蹁跹风筝写浪漫，我常常向往如此的如梦的境界。
梦是一种寂寥的洁净剂。彩色的梦像斑斓的花蕊，散发着缕缕
沁人肺腑的芬芳……

　　"梨花院落溶溶月，柳絮池塘淡淡风。"这种娴雅的情调
让人心驰神往。跪在地上向上帝祈祷："宥赦我的苦恼吧，我
所无比崇敬的上帝！"你的虔诚像在教堂里吟唱着一首赞美诗
的态度，可是，懦弱的屈服是让人愤懑的罪孽。

　　涅槃是虚伪的皈依！

　　而桀骜是高尚的升华！

　　用什么样的方式才能称心如意地咂摸生命的况味？我思
索着，殚精竭虑地思索着。试想从青春的风采里开垦，试想从
生命的土壤里挖掘，也试想从浮躁里剜掉贫瘠，从雄厚里填充
潇洒……总觉得在肝肠里腾挪着不安的悸动，这种悸动是想力
争上游，想出人头地，想脱颖压芳！在尘嚣烦躁，物欲横流的
社会里，有时要提倡"知足常乐"。我不否认。纵然沽名钓誉，
追名逐利，我想，会变成前进的障碍，我也坚决反对，可是人
应该有追求目标、锲而不舍的恒心，有跨越丘壑、搏击苍穹的
锐气，有开拓进取、不畏艰难的胆魄！

　　生活中有套着伪装而显露着傲慢和鄙夷的道貌岸然的君
子，我深刻地体会到了。而我觉得：吹毛求疵是自我迫害，一
切矫揉造作的凌驾是自我藐视的细胞繁衍，至少是实质上空虚
的聊以慰藉。我将是嗤之以鼻的，"走自己的路，让别人去说
吧。"（但丁语）

　　不管干何种事情，冷嘲热讽或许是一种收获，只要不惧惮
去点燃青春的火焰，让奋斗的激情喷射……

青春的烂漫的梦想里总包含着希冀和温馨。希冀的是追求光明，温馨的是追求幸福。

　　曙光弥漫、旭日东升、朝霞绚烂的时候，在坎坷曲折的人生道路上，扬鞭跃马，披荆斩棘，呐喊直冲，就不会去喟叹岁月的蹉跎了……

官开檀

1997 年 11 月 1 日晚于北京航空航天大学三号楼 312 教室

目录

母校那棵榕树

　　那不是一棵纤纤弱弱的榕树。

　　它雄健、刚强，岿然地屹立在校园里那宽阔的操场上。它伴随我完成三年的高中学习，温柔、慈蔼地……每当朝暾从东方露出笑脸时，它笑意盈盈地看着我背着书包匆匆忙忙地跑入教室的身影；每当夕阳从西方徐徐退遁之时，它依依不舍地送我踏上回家的路程……

　　温驯而憨厚的大自然紧紧地依赖于季节的变化。桦树、榆树、栋树、枫树……有的有时披上葱绿的衣裳，有的有时披上火红的盛装，有的有时又显得枯黄而老旧。但是，榕树，在我的印象里，不管春夏秋冬，一年到头始终是青青绿绿、茂茂盛盛的。在冬天，即使在北方寒风凛冽、白雪漫飞、树枝枯秃，在福州也有可能晴空万里、风和日丽、榕树青翠。或许人们不喜欢它的执拗而倔强的性格，可是它有顽强而坚韧的内有精神。枫叶，在烈日溽暑里，绿得晶莹，绿得可爱，在似火的骄阳下飘飘颤颤，似乎会给人阴凉消暑的感觉。可是，霜叶红于二月花，在二月它变得通身彤彤红红，似乎刺目耀眼。是的，枫叶被动于季节的维系，在时令的蹂躏下少了不屈不挠的意志和执迷不悟的活气。而榕树，料峭的季风无法把它的容貌，甚至它

的品格，轻而易举地改变，更不用说毁损了。榕树没有柳枝的婀娜，没有桃树的妩媚，没有白杨的魁岸，没有杏树的娇娆，可它有可贵的顽强，人们看到在严冬里依然光彩照人的它，会情不自禁地肃然起敬，由衷地产生尊敬的情意！

啊，这就是榕树的品格！

在福州高级中学这个我终身念念不忘的校园里，兢兢业业的老师和勤勤恳恳的学生在榕树的灵韵的激动下，在时代的脉搏里勇往直前……

母校那棵榕树，焕光生辉，展示着独特的魅力，点缀着校园的风景。有了它，校园便多了一份绿，多了一份景致。每到秋风送爽的九月，一批朝气蓬勃的学生从四面八方咸集而来，他们来自福州市的五区八县，五区即仓山区、台江区、鼓楼区、晋安区、马尾区，八县即永泰县、平潭县、闽清县、闽侯县、长乐县、连江县、罗源县、福清县。或许自己今生与福高有缘，与母校那棵榕树有缘，从永泰县城关中学通过层层选拔考试，顺顺利利地保送入福高。畅通无阻得令自己都感到惊讶。不过，或许也是事情的必然结果，在初三那一年里，成绩排名在年级第一名。站在荫翳蔽天的榕树下，回思那段初中的生活，记忆把曾经辉煌的历史珍藏。在永泰县城关中学里只待了一年，可又是不同凡响的一年，是拼搏不息、硕果累累的一年。无法摆出确凿的理由，为什么自己在升学前夕毫不犹豫地选择了福高？是由于福高的澄澈、静谧、美丽，还是由于福高的憨直、雄朴、沉健？翻开记忆的书本，在一页一页的记载里寻找答案，总觉得这两个理由全是。第一次听到福高的名字，是从与同学的海阔天空的闲聊中意外听到的。那个同学的床铺和我的紧挨着，朝夕相处，常常一起高谈阔论着天南地北、草虫鸟鱼。在晚上躺入被窝而未熄灯之前，面相对，谈见闻、谈经验、谈心得，除了学习、人生、理想外，还悄声细语嘻嘻哈哈地谈着男女隐情。有一次谈到升学的理想问题时，我说："我不想考中专了，我准备继续念高中，然后考名牌大学。"

他听完，摸了一下自己的脸颊说："读高中？考名牌大学？那你争取保送到福高吧。那是所好高中。"他是"回炉生"，已念了两年初三，关于升学的事比我懂得多。

报了福高，经过层层特别选拔考试，最终"过五关斩六将"，合格了。

初三毕业的那个暑假，爷爷提议说："既然你保送了福高，那至少有一点心安理得的感觉了，我带你到学校先去参观一下吧。"

那时我才十五岁，不通世事，不达情理，稚弱而懵然。爷爷带我到校园转了一圈。给我印象最深的就是那棵蓊蓊郁郁的榕树。它是一棵老榕树，但不显得老态龙钟，倒像一个老成持重的老者，深沉、稳健地矗立着。它铭刻在了我的记忆的深处，让我回思，让我惦记，让我想念。

哦！那英姿勃发的榕树……

它象征着福高人的精神品质。福高人是孜孜不倦、勤勤勉勉的，有赶超一切的精神，有力争上游的品质。记得高一下学期即将地理会考的时候，同学们都沉浸在最后冲刺的紧张气氛之中，想到第一次参加会考，心中没有胜券在握的感觉，便对考试诚恐诚惶。有一天黄昏，看到班上的同学在那棵榕树下聚精会神地复习地理，不知为什么，心中骤然信心倍增。感谢班上的同学，也感谢那棵榕树，激励了我勇敢前行，让我扬起希望的风帆。

　　从此，我对那棵榕树产生了更加亲切的情愫。

　　哦！榕树，我所钟爱的榕树，伴随我圆满完成高中学习的榕树！

　　在周而复始的四季里，你坚忍地栉风沐雨，坚忍地承受着暴风骤雨的考验一年四季，你都能撑扶起一片温馨的诗意……

　　春天，妍美而斑斓的彩萼次第怒放，榕树便抽出新的嫩芽。和风习习，细雨霏霏，榕树在迷迷蒙蒙、缥缥缈缈的雾霭里吮吸着营养，孕育着蓬蓬勃勃的新生命，为了未来的光明，为了未来的希望。有时阳光明媚，我便坐在榕树下萋萋的芳草上，摊开放在膝盖上的书，高声地朗读着英语，高声地背诵着："唧唧复唧唧，木兰当户织……"

　　夏天，榕树的枝条蔵蔵蕤蕤，撑起一片如盖的宽阔的荫翳，蝉儿在其间迎风高唱，显得清碧、幽深。这时是最为惬意的时候了，虽然天空里烈日炎炎高照，站在树冠下会感到爽快无比，轻风的缕丝清凉沁入肌肤，令人忘却夏日的慵倦。在高考前夕，我常常依偎在那几个手臂合拢才能环抱住的树干上，专心致志地潜伏在知识的海洋里。那树干粗硬，黛青色的树皮粗糙，疙疙瘩瘩，凸凸凹凹；那在枝丫上缠绕的干黄色的须条错综复杂，有的垂下来，有的攀爬在枝上；那尖圆形的叶子翠绿欲滴，青光发亮，层层叠叠，密密麻麻地拥簇着。榕树的树冠如伞，构筑起了一个独具特色的宁静的世界……

　　秋天，风儿吹来，榕树巍巍颤颤，飒飒响动，叶子上的露珠晶莹剔透

　　冬天，山寒水瘦，它依然精神抖擞，好像目光炯炯地眺望着无垠无际的远方……

　　呵，榕树！

母校的榕树哟……

母校的榕树牢系着我的思绪，这种思绪伴随着我进入大学，也将伴随着我走出大学。倥偬的岁月会容易改变人的容颜，但我想，不会改变我对那棵榕树的感情。"忆往昔峥嵘岁月稠"，在人生的道路上跋涉，我的脑中常常显现出一幅清晰明朗的图画：日空晴朗，校园幽静，榕树葳蕤，浓荫蔽日，一个少年手捧卷书，静倚树干，凝神专注地读着……

风乍起时……

抒情的歌曲徘徊在耳边，心中总会掀起一层层思潮的波澜。风乍起时，思绪像一朵朵洁白的柳絮漫天飞舞。慢慢地，又飘落在屋檐上、青石上、苔藓上、绿叶上……

竹林是清凉的，朝霞是绚烂的，思绪是俳恻的。有的想念昔日的好友，有的想念海外的亲人，有的想念远方的恋人，有的想念故土的家园，我今倒想起了高中的母校——福州高级中学。

啊，那是一块令我拳拳眷恋的乐园！

福州高级中学是省重点中学，她的名声可以和福州一中、福州三中并驾齐驱。她像一只鬣毛茸茸的雄狮，蹲踞在祖国蔚蓝的天幕下，她的一声鸣叫，就是教学事业的繁荣的吟唱。

她没有古老的陈旧，她有的是年轻的剽悍。随着祖国唱着建设的进行曲，她突飞猛进地崛起，并长大，并从成熟走向更成熟……

福州高级中学（简称福高）是一所很有特色的学校。像福州一中、福州三中、福州八中等学校，一般都有初中和高中，而福高只有高中，没有初中。那是一块独具特色的圣地哟！充满了同学们和老师们的欢声笑语，弥漫着意气少年的活泼，每一个同学都怀着光明的憧憬在这块圣地上茁长着。

曾有多少个日子哟，一双渴望长大的眼睛，聚精会神地盯着黑板上的字，老师用挚爱在写着殷切希望同学们长大的篇章。

曾有多少个日子哟，在这块圣洁的土地上，我们接受着知识的洗礼，接受着老师的殷殷关怀和谆谆教诲。啊，教人不倦的老师们，粉笔染白了你们的鬓发，你们出着"桃李满天下"的试卷，我们该用拼搏的成果来填答。我们誓愿用汗水的结晶的硕果填满试卷的每一个空格，以报答我们的敬意。当你们批改"试卷"的时候，老师，请你们真心地微笑吧！

母校的每一个角落布满了我们的孜孜以求的足迹。在那绿荫掩映的教室里萦绕着我们歌颂的读书声。母校的树一定还是那样的茂盛，母校的草一定还那样的碧绿，母校的花一定还是那样的芬芳。那一幢幢灰白色的教学楼一定还是那样的巍峨挺拔吧。

福高位于濒临闽江的一座山峰上。那两个朱红色的大字"福高"赫赫地树立在的房顶上，昼昼夜夜地向仓山区，向福州，向全国，向全世界唱着赞颂光明的歌——培养世纪的接班人！

班主任何长如老师的笑容在我的脑海中清晰地晃荡着。她对待我们像一个多么慈蔼的母亲啊！我们像一棵脆弱的小草，她用勤劳的双手，扶植着我们从风吹雨打的沧桑中走向坚强。

我也多么难忘年段长陈惟东老师的笑容。她是年段长，又是我们的物理老师。曾被评为"全国优秀模范老师"。她不但在物理学上指导我们用智慧去探索世界的奥秘，而且一次一次地为我们讲述着人生的哲理，她还时时刻刻关心着同学。曾有一次令我感动不已。有一天下午快要放学时我在学校呕吐不止，病得严重。当时班主任和几个同学立即把我送到医院。幸运的是第二天就好了，我能去上课了。那天早上去上学时在校门口一碰见年段长，她就问："病好了？"她有全年段的教学管理工作，有课内的教学任务，可以想象，工作是多么的繁忙、紧张啊！我在想，她怎么知道我的病？怎么记住我的病？顿时，我对老师的敬意油然而生。啊！老师，我的好老师！

老师的心灵像早晨的旭日，一缕一缕的光芒都在放射着煦暖。

老师是崇高而又伟大的！

我在福高的怀抱中度过三年愉快的时光，在这块圣地上播撒的种子，我一天一天地在长大着，长大着。

高中的记忆铭刻在心中深处，哦，永远不能忘怀的母校，我深爱着你！

我看见了：福高正迈着的步伐，随着平仄的韵律，昂首阔步地走向未来……

武夷九曲好风光

游山玩水，探幽览胜，饱览祖国壮丽的河山，是我的一个兴趣。

高二暑假，学校组织夏令营——游武夷山，我毫不犹豫地参加了。

武夷山，岩峰陡峭，涧水叮咚，曲溪迂回，是福建的第一名山，也是名震世界的旅游胜地，作为一个福建人，能有机会领略本省的闻名遐迩的武夷山的风光，是足引以为自豪的。

我们所开出的一大队"人马"，可以起个名称叫"福州高级中学旅游团"吧。由教务处主任李朝和老师和政治处柯翔武老师带队，每个年级的每个班有两个同学，还有语文老师、历史老师等不少的老师，另外校友好单位——福州武警部队中也有一人参加，所以人数是相当可观的。

一

"武夷山"，这个名字的由来，还流传着一个传说呢。据说尧时代，有个长寿老人来此遁迹隐居，他有两个儿子，一个名叫武，一个名叫夷，因此叫"武夷山"。

世上有人曰，"桂林山水甲天下"，我还没去过，还未亲睹其"甲天下"的秀丽；也有诗人赞杭州西湖曰："淡妆浓抹总相宜"，我也没去过，还未目睹这个"西子"的娇姿倩影。但当我到了武夷山，我便被着奇秀绝伦的风光折服了，心旌在紫红的岩石、峭拔的峰峦和澄绿的溪水之间飘荡着，飘荡着。青山碧水的武夷山，峰秀壑妍，谷盘旋，溪蜿蜒，宛如人间的仙境。难怪古人诗颂："武夷山水天下无，层峦叠嶂皆画图。"据说南朝时有个叫顾野王的学者游武夷山后，不禁赞叹："千岩竞秀，万壑争流，美哉河山，真人世之希觏。"

武夷山不但景色很美，而且景点很多。据介绍说，有三十六峰，七十二洞，九十九岩，一百零八景。不过，我们三日游，并没有把每峰、每洞、每岩、每景踏遍。然而，武夷山的绚丽多姿的"丹霞地貌"几乎领略遍了。

在武夷山，移步换景，目转景异，三日的游览，我们徒步登峰，寻岩觅洞，泛筏九曲，观山光赏水色，虽有爬山步伐之疲倦，却有看山观水之趣味，便无游览之辛苦了。

武夷山的风景，美哉，多哉。要我把所见所闻全部详尽地描绘，我感到太为难了。连大文学家都常常说文字是最无用的东西，我的平淡如水的语言怎能描绘其之美。因此，如果你想旅游，我建议你不妨选择武夷山，赶紧穿上旅游鞋，订一张45次的火车票到南平站下车再转，或者直接坐飞机到武夷山机场。别忘了，如果你愿意的话，想去武夷山之时，给我打个电话或写封信通知我一声，说不定我还想再次去领略其之美，另外，你到了福建，若再到福州，说不定我可以做你的向导，介绍福州的"独特之风土人情"，或者你还有时间，请到我家去做客吧。好，除了以上粗略地介绍概况全景外，下面还是让

我以九曲溪为重点，"滥竽充数"地做游记吧。

从福州坐两个小时左右的火车便到南平。在南平包一辆长途公共汽车，我们便颠簸在峰回路转的公路上，向武夷山一步一步地进发。

从南平市到武夷山，有几百公里的路程吧。花了大约五个小时的时间在汽车上盼望、等待，个个迫不及待地问："到了吗？""到了吗？"望望车窗外面横亘的峰峦，碧红的岩层，青森的林木，茂长的竹篁，仿佛已进入武夷山了。

当到达武夷山山麓脚下的宾馆时，已接近黄昏了。太阳的西晖慢慢地把一丝一缕的金黄吝惜地从大地收拢回去，遥望整个武夷山的山脉，彤红的彩霞，一朵朵，一层层，连接着苍苍茫茫的峰巅。它映在山谷中上下蒸腾着的白色的雾霭中，大地像一块瑰丽的绸缎锦帛，五彩斑斓的一片，一会儿是深白、淡红、浅黄……慢慢地，慢慢地，又变成了浅白、深红、淡绿……看着，看着，我们的心已在山谷中飞翔。

学校已与宾馆联系过了，服务人员热情地为我们安排妥当住宿、膳食的问题。老师当时我们没去注意，但我知道我们学生不管是男生还是女生，心情格外的激动、兴奋，微笑的服务员尽所能地一一回答我们所咨询的问题。我们的心已飞向了那个山和那片水哟！

泛舟九曲溪，是我第四日上午，也即三日游的最后的一天。

这天的上午，天是晴朗的，风是轻和的。

还是那辆专包的公共汽车，把我们运载到九曲的码头。我们欲顺流而下，做一次尽情尽致的漫游。哦，童心未泯的人心，情绪激动，神采奕奕，拍手欢呼，朗朗的笑声在山谷溪涧中回环萦绕……

翻开武夷山的游览图，弯弯曲曲的九曲溪，穿流在群峰千岩之中，曲曲脉络分明。按通常的说法，过浅滩为第九曲，芙蓉滩为第八曲，獭控滩为第七曲，老鸦滩为第六曲，平林渡为第五曲，古锥谭至卧龙谭为四曲，雷磕滩上下为三曲，浴香谭北为二曲，晴川到武夷宫为一曲。九曲溪源于三保山，据载约长十五华里。

一筏四人，准备好了，竹竿在石上轻轻一点，竹筏徐徐地荡开水面，留下几道水波的直直的皱褶。

于是，小小的竹筏载着笑意盈盈的游人，清清的流水托着重量轻轻的竹筏，两岸的青山便缓缓地向后⋯⋯

二

所游的第一曲是九曲。

实际上按现成的说法，九曲是最后的一曲。古人（或者可能近代人）按逆流而上的顺序给各曲编了号码，我们就疑惑前人为什么要这样做？经打听，方知也可逆流而上地泛舟游览。或许逆流而上的游览另有一番佳趣，但我们所看到的都是顺流而下。这也是符合常理的做法。

九曲的前端，两侧没有危峰巨石，为平坦的沙砾之地，呈豁然开朗的一片。溪中水稍深的地方呈浅绿色，稍浅的地方，水底透明可见，砂石一粒一粒也清晰可辨。砂石的形状各异，有浑圆形、扁长形、尖嘴形⋯⋯颜色也是五颜六色的，有褐红、绿黄、澄紫⋯⋯且色泽鲜丽。它们有的反射着折射到水中去的阳光，闪着点点的光泽，像水晶石般晶莹可爱。溪边的芦苇在风的吹动下，或者在竹杆的触碰下，便在清澈的水中浮动着"水清浅"的影子，一上一下，一上一下，一左一右，一左一右……

不过，在九曲上头的那边，耸立着一座凌空矗立的山峰，叫灵峰。回头眺望灵峰，它像巨人俯卧在地上，随时准备跳跃腾飞。夏日的太阳冉冉地爬向上空，照耀着山根的云雾，云雾在迷漫着，流动着，变幻着，山峰的顶尖若隐若现。

我们意思意思了一下，给划竹筏的师傅一点钱，为的是让他们给我们当沿溪之行的导游。据其介绍，九曲北岸有宋代的遇林亭窑址，蜗居在山谷之中。还说九曲有玲珑奇巧、秀色楚楚的三座岩——幢岩、仙岩、云岩。

朱熹是著名的宋代理学家，曾经在武夷山讲学很长一段时间。在《九曲棹歌》中，他对九个曲的景色做了言简意赅的描绘，其中对九曲云：

> 九曲将穷眼豁然，桑麻雨露见平川。
> 渔郎更觅桃源路，除是人间别有天。

三

溪水潺潺地向北流去，竹筏随着流水向下荡漾，不久就到了八曲。

八曲溪面的斜度增加了，水速加快了，比九曲来得湍急。潭也更加深了，有时竹筏陡然加快，每个人心中刹然惊怵。提心吊胆地坐在竹筏中，手牢牢地抓紧，唯恐掀翻过来，把我们扔到深潭急流中去。

溪水冲着竹筏，遇到了竹筏，便溅起一朵朵白色的浪花，哗哗、哗哗……而太阳在我们每个人的脸上倾泻着热量，但最令我感到爽快的是溅起的水珠了。一滴滴地飞到面庞上，凉爽极了。偶尔也会看到流水冲到溪畔的岩石上，迸出一柱柱水珠，在空中化作迷蒙的水雾。

坐在竹筏中，左顾右盼两岸的峰石，石笋林立。

在远处有一座很高的峰，叫鼓子峰。据说峰上有的石子像鼓子一样，叩之铿铿有声，如敲鼓之音。抬头望那鼓子峰，两个峰尖挺起，又有浑圆的形状。他们告诉说那形似一对丰满的乳房，因此这个峰又叫双乳峰。在我看来，阳光映着白雾，它倒有点像浮在雾海之上的两朵含苞欲放的荷花了。

巍峨的鼓子峰像傲然雄壮的皇帝矗立着，而其周围的大大小小的岩石则好像保护他的兵马俑了。

那卓然直立的鼓楼岩，隐隐约约，宛如仙岛上烟雾腾绕的碧瓦朱檐的高阁飞亭。那岩石的暗棕红色，周围的茂密树林的翠绿色，氤氲细雾的白色，还有阳光光线斜照的一丝一丝的金黄色，构成了一张绮丽无比的山水画。我们简直是在五颜六色的画廊里徜徉了。我不得不惊叹：美哉，山河！

在靠近鼓楼岩的那边处，在溪旁有或大或小的岩石，有的像一只一只鬃毛密密的狮子，蹲卧在沙石上，曰"水狮石"；有的形状像乌龟，曰"水龟石"。最有趣还是那所谓的"上下水龟石"。两块乌龟一样的石头上下重叠着，一块伏在水中，一块半伏，好像两只露着头部、颈、脊背。二者犹如在戏水嬉闹，给人以联想的空间。我们坐在竹筏中，眼睛凝视着那"上下水龟石"，头脑想象它们戏水的情景，觉得好像人走在侏罗纪世纪的原始陆地上，身边爬走着无数异禽怪兽，但我不怕它们，它们也不怕我，各自无忧无虑地慢行着。还有其他形状各种各样的岩石，可以说是异彩纷呈、鳞次栉比的。

八曲的风景多么美丽啊！朱熹在《九曲棹歌》中曰：

八曲风烟势欲开，鼓楼岩下水萦回。

莫言此地无佳景，自是游人不下来。

四

从八曲下来，到了獭控滩，便进入七曲了。

北→东→北的弯曲部分，大概可说是七曲的主要风景线。这时，头顶上的太阳已像灯笼一样辐射着灶火似的热量，烤得我们每个人的脸、背、手、脚都渗出像圆珠一样的汗。我们穿着半短裤、短袖衬衫，皮肤被晒得变黑倒也并不在意，只是闷热减除了游兴，那是要怨天的。在我惋惜竹筏不配备遮阳伞，自己也不带太阳伞的时候，一个老师给我了援助——借给了我一顶太阳帽。这便暂时缓和了老天爷与我作对的矛盾。

天虽然是热烘烘的，可是澄碧的溪水和青翠的绿色是差不多能够予清凉之感。加上戴了一顶太阳帽，我便忘却了天的热，只有山清水秀的感觉了。竹筏是用毛竹钉成的，它们之间的缝是能让水冒上来的。于是我们便脱掉了鞋和袜子，让水濯洗着足，清凉清凉的。几个老师把毛巾放在水中搓了几下，挤出了一半的水，然后围在脖子上，或蒙在脸上，他们说非常舒服、凉快。我这个人出家旅游嫌烦，是不愿意带盆勺之类的东西，自然毛巾也没带。但是我用手掬起水来，闭上眼睛，把脸碰着，感觉也是清凉清凉的，甚至把手脚一起浸入水中，来凉快个够。要说绿色，环顾四周，皆是碧绿的一片，岩石罅缝中的杂草，岸畔的芦苇，岸边的藤萝蔓葛、荆棘、灌木，皆把峰峦山壑遮得严严密密的……

七曲那嶙峋的层岩，气势雄伟，蔚为壮观，溪流的北岸横卧着几百米长的岩壁，宛如一条狭长的轩榭的走廊，宽大约有两米。它穹然如拱地覆盖着地面，人们把它叫作北廊岸。顾名思义，大概就是北岸走廊的意思吧。在险急的獭控滩的旁边，还斜立着一块岩石，人们把它名为"獭控石"。

在溪的南岸还有一个叫"太姥石"的岩层，它上面长满了层层叠叠的茂密的树林。传说秦时候黄太姥她们居住那里。

七曲岩多且奇秀，朱熹曰：

七曲移舟上碧滩，隐屏仙掌更回看。

却怜昨夜峰头雨，添得飞泉几道寒。

五

从七曲漂筏而下，溪水折向东流去，那就到了六曲。

不管是老师，还是学生，学生中不管是男生还是女生，个个心情都是十分兴奋，游了一曲，兴致增加一分。到了六曲，个个胸腔中翻腾着的是惊叹、自豪、焦灼、眷恋。惊叹的是武夷山的风景是如此之秀丽！自豪的是祖国的河山是如此之妖娆！焦灼的是恨不得把前面几曲的景色一下子给它们一览无余！眷恋是无法把游过的地方的一草一木一石一水通通记在记忆的深处！

遨游在这山水中，观山亦可玩水，玩水亦可观山，山蒙蒙，水盈盈，真是雅趣无穷。一清早，看山峰，苍苍茫茫，云雾缭绕；这时，望群岳，巍巍峨峨，景色翠绿。喟叹山高人小，山可通观人，而人不可通观山！

想着，叹着，我在心怀中做起了个梦——变成一只雄鹰，翱翔盘旋在山谷中，峰巅上。但这只是虚无缥缈的雾似的空想罢了。

清冽的水倒映着山影、筏影，晃荡着"水清浅"的姿态。我把头贴近水面，一髭一发清晰可鉴。水面如镜，水中仿佛浸着绿色，难怪有人说："六曲亭泓翠一湾。"

在这六曲的南岸，环立着异怪峻陡的岩石，呈凹形，凌水而立，岩上的苔痕斑驳可见，经过风雨的风化、冲刷，呈现褐紫、暗绿、黛黑等颜色。岩石的侧边，茂木簇拥，树叶萧萧。

"导游"给我们介绍说此岩叫"响声岩"，如果人对岩壁呼啸号叫，反射的声音会在空谷中回响，轰轰不绝。一听完他的解说，我们个个摩拳擦掌，跃跃欲试。其中一历史老师提议：唱国歌，男音一句，女音一句。

"起来！不愿做奴隶的人们！"我们男生尽量放开喉咙，引吭而歌着。"把我们的血肉筑成我们心的长城！"高频率的女音也是高亢的，大约达到了一百几十分贝。于是，此呼彼应的回声如雷霆之声撼动着耳膜，男音与女音交织在一起，组成了妙趣横生的音流。

岩壁上有好几处的刻字。其中"逝者如斯"赫然映目，据说是朱熹的手迹。

朱熹在《九曲棹歌》中对六曲诗云：

六曲苍屏绕碧湾，茆茨终日掩柴关。
客来倚棹岩花落，猿鸟不惊春意闲。

六

溪水流淌着、竹筏荡漾着，层峦叠嶂像一幕幕绿色的屏障向后隐退而去。我东看西望，陶醉在大自然的雄伟之中，心神随着竹筏一俱摇荡。突然，几滴清凉的水顺着脖子流入脊背，我从愕呆中醒过神，回头一看，原来是一女生在搞"小调皮鬼"，她告诉我到五曲了。

五曲的东北岸有接笋峰和隐屏峰。从接笋峰和隐屏峰的南麓沿溪而下，到了一个广阔的沙地。我们对师傅说我们要在这儿照相、吃点心，师傅便把竹筏停泊在沙滩边了。

我拎着鞋，光着脚丫，踩在有鸡蛋大小，也有米粒大小的沙砾上，哟，脚下觉得好烫。显然，酷暑的烈日烤炙着石头，石头吸收了热量，温度便渐渐地上升。但又是软绵绵的，好似在一块柔软的海绵上走似的，左一脚，右一脚，发出吱吱的响声。且走过的地方印下了一个个脚印，像画法几何中的投影，整个外形线和脚趾之间的线都留下了。

他们已经在那儿"咔嚓""OK"地照起相了。等脚干后我赶紧摘下墨镜，穿上鞋，取下挂在脖子上的相机，加入他们的行列。十几岁的青少年，在青山绿水之间，似乎都忘掉了闹市的喧嚣和人生的烦恼，尽情地抒发着少年的个性：既好学，又好玩，既追求着希望，又梦想着未来，在人生的贝壳上雕镂着绚丽的色彩，多姿的生活。这就是我们哟……

葱茏的草木，明净的流水，凝紫的岩石，还有我们喜悦的笑容，构成了一幅幅美丽的画面，似浑然天成的一般。照了几张单人相，便开始照合影，和老师，和其他男生，和女生都有。

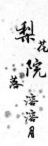

但有趣的还是照那张相的情景——在其他同学掌声的鼓励下与一女生牵手奔逐相追的情景。

炎日在空中照着，汗水在身上流淌着，差不多口渴了，肚子也饿了。这样，每个人便"哗啦"一下拉开包裹，拿出矿泉水咕噜咕噜地喝起来，拿出面包腮帮子一鼓一张地嚼起来。我喝了几口武夷山矿泉水，芳醇甘爽，似乎一下子渴被解了一半。我带的是面包，有的同学带的是巧克力饼干，那就可以"有乐共享"了。看着女生带的东西，哟，可不少了，"永泰李干蜜饯""福果橄榄蜜饯"等等，吃不完，不用愁，我们男生可以"帮助"了。

解了渴，填了肚子，个个兴致愈加勃然了。在水中跑，溅起朵朵的白色的浪花，或者站在那儿猫着腰，双手舀着水，试图往别人的身上泼去。曰："游山也要玩水嘛！"

树上的鸟，或许是猴面鸡、野鸡、山雀，在嘤嘤喈喈地鸣叫着，大概已被我们欢乐的笑声感染了吧，高高兴兴似的。或许此时它们翘着尾巴停在树枝上，在看着一群十几岁的天真活泼的男孩和女孩在笑着、跑着、追着……在看着衣裤、裙子上的红红绿绿、黄黄白白的颜色，一个个孩子像一朵朵绽开着的艳丽的花朵点缀着溪，装饰着山……

五曲的两岸也耸立着很多岩石，有的像老虎仰啸，有的像蟾蜍伏地，有的像狮子蹲睡……个个纤巧玲珑，真逗人喜欢！

游了五曲，不得不说："啊！真美啊！"

朱熹曰：

五曲山高云气深，长时烟雨暗平林。
林间有客无人识，欸乃声中万古心。

七

轻筏下漂，到了大藏峰，就到了四曲。

从五曲下来，真是其乐融融了：山水连天，人在其中，心醉醉焉欲飘。这样，我忽想起《诗经》中的一句话："洪水悠悠，桧楫松舟。驾言出游，以写我忧。"

大藏峰临水危立在卧龙潭的北边。竹筏在下划过，仰望其峰，如摩天大楼耸插云霄，庞然巨大。它的万仞岩壁，近似成一个平面，与水面成锐角。观之，感觉欲要向人倒坠而下，心中惊讶。

最引起我们注意的还是壁上岩洞中的古船棺。在距水面几十米高的壁上有上下两个洞，古船棺是在下面的一个洞中。在这个洞口，横七竖八地堆着虹桥板，洞口靠壁的地方还有一根竹竿。

这就是有名的所谓"架壑船"和"虹桥板"的古迹了。它们架在陡壁石缝之中，经过千年岁月的风剥雨蚀而不腐朽。据说多少年来，有多少人想攀缘上去探查个明白，但都失败了。这样，这个千古奇观便被蒙上了一层神秘的色彩一"仙船""仙艇"等。

像这样的古迹，据说在武夷山有很多处。据载，1978年考古工作从一悬崖的洞穴中取下了一根"架壑船"，发现是一个奇特的木棺。它是用整根洞形楠木凿成的，分底盖两层，首尾尖而中间成椭圆形，全长4.89米。

科学家们用C-14测定，经研究考证，船棺出身于距今约3400年前的夏代晚期青铜器时代。科学家们认为，架壑船是

古越族人葬俗的遗物，而虹桥板是用于支架船棺或者作栈道用的木板。

我们看完后就惊惑了：在那么久远的奴隶社会的历史条件下，他们是怎样把船棺安放上去的呢？每个人都放飞想象的翅膀，思绪沿着历史长河追溯到那个遥远的年代。有的同学说可能他们做了很长很牢的梯子然后爬上去，有的同学说可能他们造了足够高的船然后把木棺置放上去，等等。我觉得这些都是有道理的。我还记得初二的时候，语文老师曾经跟班上的同学讲过他的看法，他说：或许那个时代洞离水面不高，但经过几千年的地形的变迁，水位下降至现在的样子了。

纷纷地议论着，不知不觉到了仙钓台。只见它从水中直拔而起，岩顶像鸡冠一样竖立着。从岩顶悬垂下来一些青绿的藤葛，一条一条细细的，颇似老翁垂钓的鱼线。

四曲的景物真令人大开眼界了。朱熹云：

四曲东西两石岩，岩花垂露碧㲯㲯。
金鸡叫罢无人见，月满空山水满潭。

八

"轻舟已过万重山"，水流南北，经过小藏峰（不是大藏峰），折南而去，就是三曲了。

三曲的碧水清波也是那样的秀丽，招人看完不忍离去。徐风吹过，一道道水纹产生的粼粼的波光，霎时传到溪那边去了。

溪畔的北岸峰峦起伏，山谷连接着山峰，山峰毗邻着山谷，此起彼伏，彼伏此起。有一块叫"会仙岩"的岩石继接着二曲，它上面有奇石怪矶，角棱锋利；有修篁茂林，叶条葱倩。

看山看水，仿佛进入环境幽雅的仙境胜地。树是碧绿的，草是碧绿的，水是碧绿的……即使戴上墨镜，目光通过黑色的镜片，阳光照耀着青山，仍旧依稀可见眼前是碧绿的一片。

青润的竹篁掩映着奇峰诡石，对，把这风景留下，我端起相机，记下了令人回味无穷的图景。

大自然像一部深奥的巨著，蕴含着深邃的底蕴，身临在水光山色之中，细细地领会着，正如品一首富含哲理的诗，令人产生浩浩无穷的回思……

三曲的小藏峰，其岩壁洞穴中也有"架壑船"和"虹桥板"。它们在风风雨雨中经受着岁月的磨洗。

三曲的水波、岩石、悬舟均会给人留下难以磨灭的印象。朱熹曰：

> 三曲君看架壑船，不知停棹几何年。
> 桑田海水今如许，泡沫风灯敢自怜。

九

过了三曲，接下去就是二曲。二曲峰外有峰，是奇峰万重叠嶂的地方。

竹筏穿过一个隔水相峙的峭壁峡谷，往下，滩水波平浪静。我们突然心血来潮，想在这水流不急的地方试着亲手划一划竹筏。师傅把竹竿递过来了，每个人轮流着划。我拿着竹竿，在溪底一顶，使劲一下，竹筏便向前荡了一会儿。但或许是我笨拙的缘故，它前进的方向总不听使唤，我要它东转，它往西走，

021

我要它西走，它往东转。然而，我领略了比只是坐竹筏更加有趣的事，正像尝自己亲手炒的菜一样，虽比厨师炒的菜味道来得逊色，却也有可口宜人的美味。

我们又一次停住竹筏，来到沙滩上照相。因为西边有一妩媚迷人的玉女峰，我们要把她亭亭玉立的情影一并珍藏在人生的记忆的书本中。

玉女峰算是武夷山诸峰中最令游客为之倾倒的山峰。她的岩石晶莹绰约，岩壁光洁鲜润，峰腰轻盈婀娜，宛如玉石雕就的姿色娇艳的美女。她凝眸斜瞅，秋波盈盈地顾盼着游人，谁不会为之心醉，谁不会为之赞颂？有诗美之曰："插花临水一奇峰，玉骨冰肌处女容。"

对这座窈窕直立的玉女峰，据介绍，还流传着一个美丽的神话故事呢。相传，昔日有一个勇敢英俊、勤劳耕作的小伙子在高树密草间垒舍居住。一天，玉皇的女儿玉女迷恋人间的美景，便下凡与那个名为大王的小伙子相亲相爱。但是被可恶的铁板鬼得知了，他便向玉帝告密，玉帝命其监视催回。可是痴情的玉女立盟矢志不愿离开大王，于是铁板鬼便施展魔法，大王与玉女被点化成了石峰，分隔于溪水两岸，分别成为大王峰和玉女峰。而坏事做绝的铁板鬼自己也变成了石头，脸皮厚厚地隔挡在大王与玉女之间，名为铁板嶂。这样，大王与玉女"两情绵绵无绝期"，虽近在咫尺，却只能翘首相望而恨无尽了。

二曲的美丽的景色和动人的神话结合在一起，相得益彰，使游人心驰神往。朱熹曰：

二曲亭亭玉女峰，插花临水为谁容。
道人不作阳台梦，兴入前山翠几重。

十

沿途说着，笑着，欣赏了玉女峰的仙姿丽容后，再下去就是最后的一个曲了。

绕过了色貌如铁的铁板嶂，可看到曲溪北岸的大王峰。它气势磅礴，显露着威严和轩昂。

一曲千岩万壑，大王峰的东北还有幔亭峰等。另外各种岩石多如牛毛。因此，朱熹云：

一曲溪边上钓船，幔亭峰影蘸晴川。
虹桥一断无消息，万壑千岩锁翠烟。

十一

我们怀着无比眷恋的心情结束了九曲的游行。沿途有说有笑，欢声笑语连成一片，似乎还回荡在青山溪谷之中。

九曲溪"曲曲山回转，峰峰水抱流"，峦影倒映，峰岩罗列，那奇观景象，在眼前连连续续地飘掠，其实是无法用文字来描述形容的。

游九曲，逛山峰，一次武夷山之行，如览天下之秀美，大约是高中之时最美的回忆了。

武夷山，"千岩竞秀，万壑争流，美哉河山，真人世之希觏"。

记者冥冥思

在生命的河床荡漾着情感的涟漪，理想是花之芬芳的珍贵，实践亦是一种撷取人生光辉的美丽。蓦然回忆起那段的光阴，青春无私地赠予我一种微笑，我便感到人生之绚烂了。

有人厌烦人生的懊恼，向往玉宇琼楼、蓬莱仙岛的快乐。他们想成为世外桃源的武陵人，怡然自乐，或者能像仙人，在仙宫中享受佳肴、珍馐的美味。而我想，纵然我也向往月夜的宁静、山花的斑斓、水草的青碧、晚霞的绯红，然而，人间的怡悦是一种财富，人间的烦扰亦是一种财富。当记者的日子，有怡悦，也有烦扰，像流水跌宕多姿；当记者，宛如咀嚼着青色的橄榄，青涩中流溢着津甜，津甜中掺杂着苦涩。

弯弯曲曲意味着不平坦，酸甜苦辣意味着多姿多味，珍惜每一日的哭与笑，都是难得的收获，不管你欢娱，还是叫你沮丧。于是，我想，当记者是栽培果树，收获的就是果实。纵使果实是酸甜苦辣，仍是收获。

1994年秋季。这是个金色的秋，是个流徙的秋。这个季节是我人生的转折点，又是人生的一个新起点。

刚入学几天，对大学的生活正处在新奇的感受之中。

那天傍晚，彤云在半空中腾绕，整个校园沉浸在夕阳的柔和之中。我端着饭盆，刚从六食堂买了菜和米饭，正欲回宿舍。走到十六楼的门前，不禁被布告栏上的一张红纸黑字的海报吸引住了。海报上写着校 B 文学校社团的招收新生启事。跟文学有关的？我伫立良久，惊喜着。在高中的时候就热爱着文学，像采蜜的蜜蜂围绕着荔枝花，不忍割离。于是迫于高考的压力，只好暂时放弃，只好让那份迷恋在心坎中沉淀。在大学里，"天高任鸟飞，海阔凭鱼跃"。现在看到这张海报，酷似"他乡遇故知"。于是，毫不犹豫地决定晚上去报名。

那天晚上，凉风拂面，倍感温馨亲切。路灯闪耀着璀璨的光芒，在绿树间闪闪点点。虽然刚入学几天，对校园的环境还不很熟谙，可是很快找到了 B 社的地址。

宿舍的一个同学和我同去。穿过那条黄昏的走廊，便看到一个门上写着赫然醒目的 B 社社名。刚到学校或许是还没有一种主人翁感觉的缘故，做一件事总是神经兮兮的，诚惶诚恐，敲着门，照样是带着惶惑、心悸。

门开了。呈现在眼前的是几张叠放着一摞摞报纸的办公桌、一个书搁得整整齐齐的书柜，几幅贴在壁上的俊逸洒脱的书法字条，几张笑吟吟的脸。

我被热情地邀请到了主编的面前……

报了名，面试合格了，按其中的习惯，首先开始培训记者方面的能力。

这是生命的逻辑？生命是不能承受之重，还是不能承受之轻？记者这个"冠冕"戴到了头上，便应去无怨无悔地追求。我历来深信：活着的日子不能昏昏聩聩地解释着人生的概念。长大过程中的耳濡目染的世事使我体会到奋斗的重要。人生羁旅于世上需要豪宕的雄心、执着的勇气、宽宏的胆魄！

我一遍又一遍地默念着那个名字：记者、记者……

刚开始扮演记者的角色，自然要做编辑部中大哥们、大姐们的徒弟。

他们带我到实践中去体验一下采访的情况，以首先达到感性认识。有一次，一大哥带我到图书馆采访几个人，要让他们谈谈对迎"211工程"审查的校园文明建设的看法。大哥说："采访之前要准备一些问题，而问题不是对人家瞎诌胡问，要有选择。选择的原则是使我们最好地发现新问题、新情况，使之能最大限度地达到我们预期的采访目的。当记者培养这方面的能力是极其重要的。但这方面能力的提高不是一蹴而就，有待于在实践中经验的积累。"我洗耳恭听，牢记着大哥的经验的话语。

采访过程中，大哥的经验的确很丰富。一个个问题提得自然而巧妙。我在旁边专心致志地学，细细地摸索着门道。

采访比较顺利地结束了。回来的路上，我默默地想，当记者也是一门深奥的学问啊！老子曰："道可道，人之道。"人处在错综复杂的社会关系网中，礼之道是一门高深的学问。还有地理学、伦理学、声学、工艺学……世界处处皆学问！想着想着，我攥紧了拳头，对自己说："要下决心学！"

学？是的，要学！

我没有天才的本分。我要想做一件事，就得刻苦努力地学，坚持不懈地学——学习，学习，再学习。

世人不是常这样说吗？成功固然可喜，但是机遇不垂青没有准备的头脑。我也这么想。前进的路途往往充满着苦涩，学当记者，或许没有甘甜，或许没有芳醇，可是要想收获，就要付出。人要想摘取泛红的玫瑰，就不能怕绿叶的尖刺，仙人掌要在沙漠里开花，就不能怕清泉的干涸。

经过几次跟着锻炼后，我就试着独立"按脉下症"。

那一次是星期六的晚上，一轮圆圆的月亮挂在空中，清辉缓缓地留注在树荫上。我准备去采访辩论赛，这是自己独立的第一次拜访。走在校园上，心情有点喜悦，又有点惶然。蟋蟀在吱吱地鸣叫，似乎在唱着一支周末的轻松的歌，又似乎在弹奏着一首柔婉的曲子。头顶着黛蓝的天空，脚踩着洁白的月光，我在想，或许它们的歌声告诉我：拿出勇气去尝试吧，不必畏惧旁人的讥笑，即使得到的报酬是冷漠，也不必悻悻。

在管理学院的三层楼上找到了那间教室，灯光明亮，人头攒动，座无虚席，从红红绿绿的人群中发出一阵阵喧嚷声。这里正要举行一次辩论赛，会场的气氛热烈而紧张。

这次辩论赛是北航管理学院艺术节一系列活动中的一个。只见甲乙两支队伍穿着白衬衫，系着红领带，在前排座位上说说笑笑，似乎对辩论稳操胜券。几个活动负责人来来回回地忙碌着。我在想，应该什么时候去采访人家才合适呢？活动之前，人家又忙；活动之后，人家又散会了。

我悄无声息地找了一个座位坐下，尽量保持从容不迫的样子，而不是畏畏缩缩的，以免给人家怀疑要干什么坏事。

问了几个观赛的同学后，我想去找负责人谈谈。因为负责人亲自组织活动，能透露相关的"内幕"，这就是最值得的地方。

一个同学指着那个留着齐耳短发，穿着白毛衣，牛仔裤的女同学说："她就是负责人。"她大概听见了我们的谈话，知道了我的身份，径向我走来，朝我微笑，我正欲开口，她又匆忙说了一句："对不起，请稍等。"又去忙什么了。

　　我在想，记者采访不是我问她答就了事。没那么简单！除了要知道问什么问题更适当外，还要具备很强的社交能力。要既能不耽误人家的工作，因为影响了人家，人家会反感，又能使自己的任务完成。这就需要技巧了。而熟能生巧，要获得技巧，就要身临其境，到实践中去锻炼。

　　世界没有坐享其成之自由。上帝说，要得到上帝的恩典与赏赐，就必须对上帝养成切望之心。要想成为一个能说会道的出色的记者，就要对"实践"这个上帝养成切望之心。

　　这是不是上帝对我们的惩罚？泰戈尔回答说："上帝对人说道'我医治你，所以要伤害你；我爱你，所以要惩罚你。'"上帝教导我们：我们不能玩赏着空虚的梦想。

　　过了一会儿，那个女同学才忙完了什么事，带着歉疚，开始和我攀谈。说话要有技巧，这是当记者的一个秘诀。我在实践中丰富着自己的经验：要力戒空话连篇，因为繁杂冗长只能使人厌倦；要自然亲切，娓娓道来，像好友谈心。

　　命运赐给我机遇。我想：祖国九百六十万平方公里的广袤土地上，有千千万万的大学生；而大学生们不应该虚掷年月，呼叹创业之艰难的苦闷。我们不管学当记者，还是学当医生、当航空航天专家、当企业家、当工程师……都要用炽火燃烧似的热情和一如既往的执着。祖国呼唤光明，而我们要去创造光明。年轻的心是不安分的，我们渴望着汲取知识的营养；我们的脉搏和时代的脉搏一起跳动着，我们应该怀着任性不羁的思维，在科学知识的空间中驰骋！

　　如果说当记者，收获是甜的，付出汗水是苦的，那么把记者的经验从零到有的过程不妨称作是酸的。

　　酸是一个方面，更多的是苦与辣。采访到处跑、转，有时要顶日晒，遭雨淋，但都须乐此不疲，此谓苦；采访过程中常要见冰霜脸，碰钉子，坐冷板凳，此谓辣。

苦在于要付出汗水，要辛勤地耕耘，像蜜蜂恋花采蜜。我忆起小学读过的一首诗："锄禾日当午，汗滴禾下土。谁知盘中餐，粒粒皆辛苦。"当记者呢，也何尝不如此？

记起了一件事，那次是在风瑟瑟、树萧萧的冬天。

那天阳历 2 月 15 日，我从福州回到北京，算寒假结束了。北京的树还是一丝不挂，枯枯秃秃，不像福州，树叶茂盛翠绿。到了宿舍，床上的一封信把我吸引住了。那封信是从北京调查公司寄来的。信中说 3 月 15 日是全国消费者权益保护日，某一国家级报纸要搞一项 "3–15，让消费者说好" 的大型问卷调查活动。较具体说起来是访问四个家庭，除访问员家庭外另外各选一个经济条件比自家好、差不多和比自家差的家庭作为访问对象。确定一户家庭后，按随机调查表选定一个人，让其填表，比如填 "您经常使用（食用、饮用、穿着）的产品品牌" "您最喜欢的品牌" "您认为知名度的品牌" 等。

收到这封信，心中有诧异，但又有些喜。心想：我是校内记者，采访是不出 "校" 的，今提供给我一次机会，让我出校门去逛一逛，那也不是好事吗？快到邮戳截止日期了，一学期的第一天上课，我逃掉了，骑着自行车，单枪匹马地出动。

穿梭在北京城的大街小巷内，首先我想找一个收入水平较高的家庭。这样往高楼大厦的家庭住宿区内去找较合适。找了一处，向门卫保安说明了来意，出示了证件，登记了名，他客客气气地说："请便。"

走在那座楼的楼道、走廊里，阒寂无声，人很少，大部分人都上班去了。我挨门逐户地敲门或者按门铃。要是此呼无彼

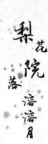

应，半分钟后没人开门，我立即走开，因为心中惊悸，想会不会有人把我当小偷或者什么的。

站在一户锁得紧紧的漆白色铁门前，我想肯定人家又上班去了，也是无望了。但失望、沮丧之余仍按了一下门铃。里面窸窸窣窣响了几声，门开了。开门的是一个头发稀疏斑白的五十多岁的老人，身后也紧跟着一个五十几岁的妇女。我开口说明来意，一句话还没有说完，那个老妇女不分青红皂白，连连摆手："我们这没什么可调查的，我们这没什么可调查的。""啪"，门被紧紧关上了。

我想，一定是社会上接二连三的犯罪案件警示了他们的安全意识。他们对陌生人的戒备心理像一座山在中间隔阂着。

接下去，敲门的，没人答应。有人开门，我首先一句话："打扰你了，我不进你的门，但有一事烦你几分钟，请帮忙。"然而，照样是"没什么可调查的"一句后"啪"的一个关门声。有几个是看管家的老妪，比较和蔼，但回答的一般是："对不起，家里人都上班去了。"

我离开了那儿，什么收获也没有。这就是当记者所司空见惯的事——到处跑，往往空手归。

冷风在吹，鼻子发紫。不相信真的找不到一家愿意配合调查的，我进了一条街巷。

这是一个小村庄，一层、两层的房子高低错落，有的还明显保留了四合院的特点。在黄色斑驳的墙角偶尔会有几棵树，静静地竖立在那儿，没有一片树叶。卖蔬菜、水果、玩具等的大小杂铺随处可见。

我走进了居民委员会，想通过它联系，那个六十几岁的老妪戴上老花镜，把我的两个证件放在桌上，眼睛一左一右，手一笔一画，认认真真地登记。许久，登记完了，抬起眼睛，指着旁边的一个戴着深蓝色尼布帽的老人说："你带他到一户人家去。"

那个老人操着浓重的地方口音，在我南方人听来，很不习惯。我跟他出了门。遇到一个穿着蓝黑色的确良衣服的老妇女，她抱着一个小孩。那个老人想让我到她家去，没想到那个老妇人一开口说是："对我有什么好处？"我说："提供一个让你说说你喜欢的产品品牌的好机会，以便以后在你买这种产品时为你提供更方便的服务，且保护你的权益不受侵害。"她似乎不明白我说话的意思，又那一句："对我有什么好处？"那个老人便转身对我说："素质太低了，没办法。"我说："算了，算了。"磨蹭了半天，还是两手空空一收获一无所有。我怏怏不乐地掉转一下自行车的车头，踏着脚踏板走了。自讨没趣！

溜达了半天，已晌午过后，回到了北航附近。在之前只有一户家庭较善解人意，填了一下。那户人家中，开门的是一个中学生，可能是因为年龄差不多的缘故，可能是受九十年代新型的知识教育，他很积极地让家里人配合，很快地填完了表。现在快回到学校了，我想应再试着看看是否有愿意填的人家。

到了一户家庭门前，主人让我进去了。房子只一层，类似四合院。地面铺着的白色陶瓷釉着红绿蓝的花纹图案。墙壁的粉白色，冰箱的浅绿色等各种颜色鲜明。一个中年男性客气地让我坐下。"你的东西便宜点！"突然，一个声音从门外传来。抬头一看，是一个中年妇女，头发有点蓬，肚子有点臃肿，蹒跚地走进来。我便说："对不起，我不是来推销产品的。"其实，这个中年妇女和这个中年男性不是这家的主人，大约是邻

居或者亲戚。主人是一对三十岁左右的夫妇，根据随机表抽查，由其妻子填表。在填表过程中，旁边那个妇女满腹牢骚，絮絮叨叨着："你应该去有钱人那儿，我们这儿有什么可登记的！"话越说越无礼，开始放肆起来，似乎与我有敌意。然而我是不变声色的，依然微笑和气地与那个人说话。旁边那个中年男的听不惯了，对我说"你别听她的，她神经病！她神经病！"

常常听说记者要坐冷板凳，今天终于坐了，而且冷板凳一只接着一只。编辑部里主编曾经对我们记者说："你们采访过程中，如果被人骂，也没关系。"是的，当记者的感受如一张树皮，有光滑的地方，也有窟窿，抑或有疙瘩。古人常常举觥咏叹人生的绊磕，人世的漠然。我们要生活，要工作，要为国家做贡献，凄惶与寂寥只是人生遥迢旅途中的一个尘埃，我们年轻人，有开拓进取的精神，有坚韧不拔的意志，有赴汤蹈火的斗志，我们自豪于生命之壮丽。

一天的"溜达"，使我对北京人有了更多的了解。在现在电视、报纸等舆论媒介、新闻媒体大力宣传层出不穷的好人好事的时候，深入基层中去，深入一般的老百姓中去，似乎会使人迷惑重重。我心想："今天我遇到的这些人的素质应如何给予评价才好？或许是自己今天运气不佳，刚好碰到的是这样的人；或许是自己访问的方法不对，使人家讨厌。"北京是首都，是政治、经济、文化中心，对这个问题我不敢妄加定论，以免犯以偏概全之错。所有的不如意我把它归咎于自身——当记者要尝尝苦味、辣味。再抽象一点说，就是生活中有苦味、辣味。

给惶恐以镇定，给悲悯以慈爱，给悒悒以豁达，我揣摩着人生的深邃的蕴藉。当记者，要受跑苦，看冰霜脸，要体验干这行的苛刻。我纵使是校内的一个小记者，但已经深刻地体会到这点了。

然而，大部分人对记者还是比较尊敬的。当记者有甜的滋味——有收获之处。曾经在校内采访过几个"北航十杰"人物。一个是被评为"全国十佳大学生"的获万元奖学金的研究生唐同学，一个是被评为"北京市三好学生""北京市优秀学生干部"的当时学生会主席李同学（现已保送读研）。采访过程中，常常为其勤奋刻苦、锐意拼搏的精神所感动，就在心中立下誓言：介绍他们给别的同做作学习榜样时，自己也一定要学习其精神。这就是收获，是不能用价值来衡量的收获。

生活的深处郁蒸着醇酒般的浓香，思想的碧水清波之中闪耀着绚丽迷人的激滟之光，我们要用雄心去挖掘、用勇气去筛取。

火在胸中燃烧，热情在胸中腾跳，20世纪90年代的大学生是不甘寂寞的一代。我们不只在书本上画着A、B、C和1、2、3，我们的心冲向着21世纪的门槛。我们责无旁贷地肩负着建设祖国的责任，我们咏唱着明天的凯歌，但明天没有一味的甘甜，而充满了酸甜苦辣。那么，不必躲避酸、苦与辣，因为酸甜苦辣都是生活的美丽，这就是我从记者冥思中得到的结论。愿与祖国蓝天下大学生共切磋之。

等待花开的那一天

　　我的情谊是何等的绸缪啊，我的心绪是何等的督乱啊，我在等待着那一天，日日夜夜哟！

　　那一天，白色的紫荆花会开得很艳丽。

　　它会在花木的茎枝上安详地晃荡，它会斜倚着从台湾海峡吹来的夏日的海风哗哗地微笑。

　　我很喜欢这洁白无垢的紫荆花的美丽沁香。

　　开吧，快快地开吧！

　　"哗、哗……"如雷贯耳的掌声把我从遐想的漩涡中拯救出来。党课的老师刚刚宣布一条振奋人心的消息："党校党员积极分子下周三去北京医科大学听诗歌朗诵演唱会。"

　　3月26日。北京医科大学会议中心礼堂。

　　外面天空穹隆流光溢彩，星辰眨着明亮目光，在俯瞰着巍峨蜿蜒的北京长城，高插云霄的香港摩天大厦。花圃中的小草此时在使劲地喝水、长芽，灌木树在无声地继续长着嫩油油的绿叶。它们要把7月1日绽开的紫荆花衬映得更加绚丽、迷人。

　　这样的夜，真是美极了。

　　时钟的时针指向了7点整。穿着粉红绒毛衣、淡黄色格子长裙和长筒黑皮靴的主持人款款地迈着轻盈的步伐走向舞台的中间。

演唱会宣布正式开始了，整个礼堂爆发出热烈的掌声。人们还记得前几天北京历史博物馆前的倒计时牌出现一个"100天"数字时，人群的欢呼雀跃和《歌唱祖国》的嘹亮的歌声在天安门广场的上空久久地回荡。而此时的掌声，似乎和欢呼声、歌唱声汇合成了一条汹涌澎湃的河流，夹裹着不平等的条约，米子布和香港百年的耻辱，冲向深深的海底。

　　首先是北京市领导讲话："同学们！历史的重任将落到你们的肩上。繁荣和昌盛将让你们继续去谱写。""1997年7月1日，举国上下将举杯同贺，'一国两制'旗将飘扬在香港的遍地，领土完整的巨钟将回响在天安门的上空！"领导激动了，同学们也激动了，沸腾的鲜血在血管中高地流动着，流动着。

　　接着是著名表演艺术家周正的讲话。他掷地有声的声音中含着幽默："今晚来这儿演出的演员有的是从单位演出完刚刚赶到，他们不像那些名影星、名歌星，他们不计较自己的名与利，是来做义务演出的。同学们！"我们深深地感动了，我们知道他们的每一块肉和每一滴血也和祖国的母亲紧紧地相连着。中华儿女都懂得国人的精神："天下兴亡，匹夫有责。"

　　一首《我们翘首以待》，字正腔圆、铿锵有力的朗诵欲把香港的百年沧桑屈辱雪洗一净，呼唤着"恢复行使"的日子尽快地到来！

　　一首《长城长》，用排山倒海的气势撕毁着那个"长辫子""高鼻子"签订的不平等条约，用豪情激荡的歌声高呼着祖国统一的期盼！

　　……

　　参加演出的有著名表演艺术家、歌唱家殷之光、周正、洪流、金春姬、王琳等，他们用娴熟的表演艺术、炽热的爱国情

感给学子们上了一次生动的爱国主义课。

历史的相机已照下了邓小平与撒切尔夫人握手的永恒的一瞬，董建华自豪地宣布："港人对平稳过渡充满信心！"

学子们恋恋不舍地退出了礼堂。苍穹中的星星仍然在闪烁着明亮的光芒。

掌声、朗诵声、歌声，还在寰空中徘徊着，徘徊着。

一个同学走过来："我真要流眼泪了。"说着，用手擦着眼睛。

其实，我的眼眶中盈满了激动的热泪。

我拍拍他的肩膀："让我们等待那一天吧。那一天，紫荆花会开得很美丽，你知道吗？"

"我知道。那一天，我们一起背着相机去看。"

"一言为定！"

是啊，花蕊已经含苞了，花开还会远吗？

生活畅想——星星·梦·蝴蝶

一、挂在树上的星星

夏日的晚上，倚着柳树，抬头仰望无垠无际的天空。满天是密密麻麻的星星，闪烁着，微笑着，像女孩的眼睛。银辉像飘着一层白色的雾气，轻轻的，像梦，像歌。

妩媚极了，星星！

你是否愿意涂上美丽的裙裾，在荷叶上跳着优美的芭蕾舞？

你是否愿意涂上淡红的粉脂，在我面前欢乐地歌唱？

我说："星星，我多么思念你，请你伸出手吧，我要牵住你的手，我要抚摸着你。"

蝉儿叫着，发出聒耳的声响。小草躲避着烦躁，隐匿在这黑黝黝的暗幕中。我的心增添了寂寞，我想在无忧无虑的湖水中往下沉，往下沉……

你是挂在树上的星星吗？我能伸手可摘吗？

二、弯弯的梦

弯弯的梦像涓涓的泉水，在心河中汩汩地流淌。梦是一支人生的芦笛吗？它吹奏出岁月的声音，吹奏出绿色的希望，吹奏出光明的阳光，吹奏出灿烂的青春。

梦飘荡在夜的宁静中。

梦幻化成一朵姣美的彩霞，飘在灵魂的空中，飘在走向远方的途中……

我背着书包，走在希冀的田埂上。梦祝福着我的人生，在一条美丽的风景线上，教我画着一张拥抱青春的图画。

我疲倦的时候，梦带给我憩息的酣畅；我口渴的时候，梦滋润我干焦的心灵。

那是个弯弯的梦……

三、恋花的蝴蝶

那是一首花与蝴蝶的歌吗？

一朵粉黄的花在吹奏着笛音。

一只翩飞的彩蝶侧耳谛听。

蝴蝶把眷恋的情愫系在花的情感中，那是一首诗吗？

或许那是一朵鲜红的玫瑰花，或许那是一朵淡紫的蝴蝶花。无须花的温柔，无须花的娇媚，花开就是景致的绚丽。

笃深的情意刻在蝴蝶的心中，花能点缀生活的乐园吗？花红在绿叶的中间，安安静静地，等候着蝴蝶的光临。哟，那是心灵的呼唤。

蝴蝶能变成一个烂漫的小孩吗？倘若能变成一个小孩，它会吹着绒白的蒲公英，一朵朵在空中随风而去……

一只蝴蝶悄悄地向花走近了。

瞻望前辈的风格
——记做一次冰心家的访客

美妙呵，一个文学的巨人！

您的崇高与伟大像阳光普照着大地，天宇，甚至整个浩瀚的宇宙。

您的光明的歌唱像洪钟飙声响彻着四方八隅。

一世的向往，一世的热爱，像粉白的曙色奉献给一世的黎明。

心灵的勇气詈骂黑暗、凄苦；

聪睿的眉宇放射爱的光辉。

历史的眼睛监视您的生长，

您像悍健的勇士，

手中如巨椽的笔是一把犀利的剑，

劈开了黑暗的幕布，光明喷泻而出……

呵，美妙呵，一个文学的巨人！

我记忆的触头在前几日所写的几首诗上搜索，终于搜索到了这首。与此同时，我已经从北京航空航天大学出发，正坐在386 路公共汽车上，准备做一次具有不寻常意义的访客。我反复默默地背诵这首诗。一个文学的巨人！她是一个名震尘寰的文采斐然的巨人！

冰心，她的名字已经深深地镌刻在了我们的心中，刻在了历史的里程碑上，刻在了时代的凯歌中。

一个文学的巨人，我呐喊着颂扬、羡慕、钦敬，我的眼前似乎出现了她的身影，并且在晃动着，晃动着，晃动着。

渐渐地，越来越清晰起来——

她，"晚餐后独倚阑旁，凉风吹衣"。"银河一片星光，照在深黑的海上。远远听得楼阑下人声笑语，忽然感到家乡渐远。繁星闪烁着，海波吟啸着，凝立悄然，只有惆怅。"（见冰心《通讯七》）惆怅？是惦念着小朋友的惆怅吗？也是眷恋着家乡的惆怅吗？

　　她蹙眉深思，开始诅咒："乡愁麻痹到全身，我掠着头发，发上掠到了乡愁；我捏着指尖，指上捏到了乡愁。是实实在在的躯壳上感着的苦痛，不是灵魂上浮泛流动的悲哀！"（见冰心《往事二》）乡愁？那儿有缱绻地想念福州的乡愁吗？

　　有，一定有，我想。虽然冰心一岁时就离开了福州，但福州是她的出生地呀！福州，那不也是我的故乡吗？福州的山，福州的水，福州的花，福州的夜……一切都是那么熟悉而且亲切啊！

　　作为文学酷爱族中的一员，我很喜欢冰心散文风格的"雅隽秀逸"（唐金海、张晓云《巴金散文选集》序言中语）。而冰心与我又都是福州的同乡。这样，在我心中，就又增加了一层亲切感了。

　　到了海淀黄庄，我换乘 320 路到中央民族大学。此时正是1997 年 7 月 7 日的午后。金黄的阳光灿然地照着土地，赐给世界明媚、温暖、坚强；凉风习习，吹着翠绿的树叶断断续续地颤荡，吹着我的额头，感到有似慈母抚摸般的温馨。"一丝丝轻风哦，请把我的崇敬和祝愿送到冰心奶奶的面前吧！"我心中说。

　　中央民族大学的景色是瑰丽的一片，丹葩间绿，草木茂盛。我走在荫天蔽日的道路上，似乎渐渐地听见了一个文学巨人的脉搏跳动的声音。她的脉搏的跳动和祖国的脉搏的跳动紧紧地拴缚在一起，像战斗的鼙鼓，奏出了催人奋进的进行曲，像钟磬的响声，预演胜利的戏剧！

　　经路人的指引，几经周折，才找到了职工宿舍。

　　吴青，冰心的女儿，现是北京外国语大学教授，亦是北京市海淀区人大代表。看来在大学中她是童叟皆知的。借问冰心家处，儿童近指二层楼。进了职工宿舍，非常容易地知道了冰心的家，心也随之紧张起来了。

到了那儿门口，我立定，门上贴着一张比较陈旧的字条"医嘱谢客"。另用圆珠笔写着"有事情请打电话×××××咨询"。

我踌躇了一下：该不该敲门？但回想了一下，中央民族大学的校办公室领导人不是告诉过自己了吗？他说冰心近三年一直住在医院，家由她的女儿吴青主持。想到这儿，我便冒昧地敲起门来。

门开了，首先呈现在眼前的是一张热情、友善的微笑的面孔。她是五十岁左右的妇女（之后听吴青教授说她姐姐一家周末到那儿吃饭，那么她大概就是吴青的姐姐了）。我说来找吴青的，还未说明身份，她就一边喊着吴青，一边连声地说："请进！请进！"

吴青放下手中所忙的什么活计，连忙迎了出来。我毕恭毕敬地对她说明了身份与来意（当然我也出示了学生证），她好像招待的不是一个陌生人，就把我引到了那间冰心奶奶三年之前所住的卧室。

一股感动的情流注入了我的心窝。我还是个待在书窗内的名不见经传的晚辈小生，但忙忙碌碌的她家后代却也热情相待，慈蔼的冰心奶奶留下了良好的家庭道德传统，从她的后代的身上可以深刻地体会到了。

这是怎样的道德情操？！一个伟大的文学巨人啊，您挥笔写下了壮丽的诗篇，鞭挞人间的黑暗，讴歌人间的挚爱，您奉献了无数的爱，您是最平凡中的最伟大者！

您不但自己为了无数的爱而奋斗了终身，而且也教育了下代，影响了下代，带给人们启迪和昭示。呵，一个文学的巨人呵！

我不禁慷慨多端，感喟良久。

吴教授向我介绍说："这就是我母亲三年前所住的地方。"这就是一个伟人所曾住的地方？我怔然了。没有金碧辉煌的装饰，没有豪华的家具，这儿只有两张简单的单人床，两个简单且旧了的书柜，一张漆红色的书桌。整个房间是那么朴素、单薄、简陋。

这难道不也是一个伟人的生活作风的象征与写照吗？

吴教授指着一张靠背椅让我坐下。敲门之时，我是怀着忐忑不安的心情的，而现在那种恐慌感已经减少了许多，我坐了下来。

曾在报纸、杂志、电视等看到，某某大款、大腕名歌星、名影星盛气凌人，傲慢无比，对普通人，连歌迷、影迷都不屑一顾。给我印象非常深刻的是曾在一报纸上看到的一幅讽刺图。那图上画的是：一歌星坐在豪华的小轿车内，把梳着"时髦化"发型的头探出车窗，对马路旁的一个普普通通模样的人喊了一句："哎！走旁边一点去！"而那个人呢？他是著名的功绩赫赫的科学家。但他的头发有点蓬，而且骑的是一辆破破烂烂的自行车。在图下面题的字是"歌星与科星，谁重要？"。看完后我感触凄然。自从那以后，我对名人，特别是所谓明星，更加悚惧。虽然那次拜谒大名鼎鼎的作家梁晓声时，他的态度和蔼可亲，平易近人，使我后来减除了一些对名人的悚惧，但是这次敲门的时候还是有些担心。可是，现在在这儿看来，这些是多余的。纵使烦扰了人家，占去了人家一些宝贵的时间，自身也感到引咎自责，却便没有陷到无地自容的"囹圄"中去。

我在想，其实冰心自己不也是"挚爱恩慈"的母亲吗？

我清晰地记起了她在《寄小读者》四版自序中所说的一句

话："在一切躯壳和灵魂的美丽芬芳的诱惑之中，我受尽了情感的颠簸；而'到底为谁活着'的观念，也日益明了……"我现在也更加明了了这句话中她所明了的内容。

说起冰心奶奶（对我这般二十来岁的年龄，为尊敬而称奶奶是合适的），她已经是九十七岁的高龄了。她 1900 年 10 月 5 日出生于福建省福州，一岁就随家迁居到上海，后又搬居于山东烟台。1913 年到了北京。曾就读过北京教会学校贝满女子中学、北京协和女子大学理科、美国威尔斯利女子大学（Wellesley college），曾任教过燕京大学、清华大学北平女子文理学院、东京大学等。我想，她是世纪的同步人，在弯弯曲曲的人生道路上，虽然坎坎坷坷，绊绊磕磕，但她不畏人生忙碌奔波的艰辛和酸楚，拿起笔，写下爱，赞颂爱，献出爱。而在当今的社会，人民生活水平提高了，生活节奏也加快了，因而有些人常常在长吁短叹：生活太累了，生活太累了。那么，从冰心的人生经历中，我们后辈的"轩辕之子"应学些什么东西呢？

当然首先最关心的问题是：目前冰心奶奶的健康状况如何？吴教授说，她母亲从三年前进入医院后，大体上说能维持得住，她们几个姐妹轮流上医院去看望、照顾，而且另外请了两个女的帮助伺候着。但她说冰心卧床的时间比较多。听着吴教授的话，突然，我仿佛看见一个耄耋之年的老人，面容清癯，但精神矍铄，目光炯炯，在柔和的灯光下呈现出一张健康活泼的笑容。她的笑容告诉世人她的生命的旺盛，告诉世人她对香港回归的欣喜与祝贺，告诉世人她对祖国腾飞的喜悦与自豪。而我对老人说："敬爱的老人啊，我衷心地祝愿您身体安康！你是一颗星，多么明亮啊，在土地上生活的人们企盼您的银辉的闪耀永驻。啊，愿上帝祝福老人，愿上帝祝福老人！"

冰心出生于福建长乐县，虽然她一岁就随家离开了福州，可是，我想福州也是个令她依恋的地方。记得高一暑假夏令营的时候，老师带我们去长乐。那儿有高低错落的房子，淡青色的玻璃梳瓦，红砖绿树，白垩土饰着的粉墙，构成了色彩缤纷的别墅。也可以看到连连绵绵的田畴。苗壮青翠的水稻在清风的吹动下波浪翻滚，一浪浪，在金黄灿烂的阳光照耀下，幻化成了绿色的海洋中的粼粼的水波。举目瞭望，山岳的峰脊莽莽然，掩映在广漠的天空的白雾中。山灵毓秀，或许就是当地的灵性孕育了人的伟大。我自然而然地与吴教授谈起了家乡。我说："作为沿海开放城市，福州的经济发展得非常迅速。在当今加速建立社会主义市场经济发展的情况下，一幢幢高楼大厦拔地而起。闽江的水澄澈地流淌，欢乐地歌唱。节日之时，人们穿上色彩艳丽的盛装，秧歌扭舞，鸣鼓舞狮，喜不胜收……"

吴教授认真地听着，笑着说："很好，很好，我们非常高兴听到家乡面貌的变化和经济的发展。像你们大学生，国家、家乡的建设很希望你们多多做出贡献。"

"应该，应该。国家悉心地培养了我们，我们也应责无旁贷地尽全力去做。"我回答道。

"那你们现在跟家乡有什么联系吗？"我问道。

"有！长乐我去过三次，都受到了当地人们的热烈欢迎，很感动。而且，我们还把许多书和钱捐献给了当地小学，我们希望能尽一点微薄之力。"吴教授有点激动地说。

接着，她又继续说："最近不是在福建成立了一个'冰心文学研究会'吗？还在长乐设了一个冰心文学纪念馆，大约今年八月份开馆。你看那幅照片。"

我顺着她的指向看到了一幅黑白照片。这幅照片有 32 开纸那么大，一座很有气派的建筑物巍然屹立。

我在想着，冰心离开了福州，可是她的心不是与福州紧紧地联系在一起吗？

只要我们胸怀中装的是祖国，装的是家乡，无论"踏破铁鞋"漂泊于何处，"五处乡心应俱同"。不是有一首《我的中国心》的歌吗？如游丝的赤子引吭高歌着："……祖国已多年未亲近。洋装虽然穿在身，我心依然是中国心……"

我们的心还不是一样的吗？虽然"年年岁岁花相似，岁岁年年人不同"，可是岁月的遁逝难以消磨心坎中所沉淀的对家乡的眷恋。每一个行业的人们在岗位上剪碎重重困难的阴霾，尽了汗水，尽了劳动，为的就是给养我、育我的祖国和家乡献上丰厚的报酬和礼物！

我环顾了这个房间。这是个不足十平方米的房间。一个文学巨人曾经在这儿克服了烦扰、迷惘，阅尽了无数的人生的仁善、骁勇，在每一片刻的光阴中写下煊赫的篇章，赞美人间的情爱。呵，一个文学巨人啊，这个房间是您的母爱的思索的摇篮，您创造了生命之花的馥郁芳香，一点点，都香了人间！

在靠近门口的左边是一个书柜，书柜有四层，但不大。里面主要放着：封面浅黄色的由浙江文艺出版社出版的《冰心散文全编》《冰心诗全编》，封面浅棕红色的由海峡文艺出版社出版的《冰心全集》，共8本。另还有其他一些书籍。这些冰心集大约就是她一生的智慧之结晶的集合吧！

在靠近窗口的地方摆了一张较大的书桌，油漆是殷红色的。但吴教授说这是她母亲进医院后才换的，原来的一张桌子已搬到冰心文学纪念馆去了。她指着我坐的和她自己坐的椅子说，这是五十年代保留下来的，她母亲曾经坐过，坐在那儿写

文章。我用手轻轻地抚摸着我所坐的椅子，这是那么简单的木椅子，可这是那么不寻常的椅子！我的脑海中似乎出现了一个影子：冰心坐在这把椅子上，面对孤灯，时而举鬟沉思，时而伏案疾书。于是，"假如有人曾为全美的体模，赞美造物，我就愿为你的容光膜拜……我默默瞻仰，隐然生慕，慨然兴嗟，嗟呼，粲者！我因你赞美了万能的上帝，嗟呼，粲者！你引导我步步归向于信仰的天家……"一行行文字呈现在了洁白的稿纸上。（注：所引见冰心《赞美所见》。不过，她实际写这首诗时是在国外，而不是在此房间里）

在书桌的左侧靠近右边的墙壁处，也立了一个书柜。我走过去仔仔细细地端详起来。里面放着不少其他作家的书，如王蒙的《坚硬的稀粥》《青春万岁》、茹志鹃的《惜花人已去》《她从哪条路上来》等。里面还摆放着许多精巧玲珑、造型奇特的漂亮的小玩意儿，如贝壳、陶瓷小马等。我目光落到了一张精美有趣的明信片上。上面用黄色的豌豆和彩色的小砂石饰成了"冰心奶奶"四个字。另还写着一行字："送给冰心奶奶：您的小读者；马丽阳 1991 年 9 月 13 日。"

吴教授说，大部分是小孩亲自制作的。端详着，端详着，我的眼睛渐渐地模糊了。我被深深地感动了。冰心奶奶在小朋友们的身上注入了多少的仁爱和关心，注入了多少的精神营养，使他们茁壮地成长为参天大树！这些蕴含着小朋友们无限的敬意和谢意的小玩意儿，不也是冰心奶奶的精神的折射吗？我又一次问着自己：我们后辈的人应从前辈的精神里学到一些什么呢？

我顿时回忆起了小学时读语文课本中《寄小读者》的情景。

当时，全班每个同学都在聚精会神地听语文老师讲关于冰心的故事。突然，一个平时比较调皮的学生举手提问。

"老师，冰心的心是不是很冰呢？""不是，恰恰相反！"老师笑着回答。

"哦……"

全班同学哄堂大笑，那个同学似乎一下子领悟了老师的意思，在众目睽睽之下，脸一下子涨得通红。

而此时此刻，我感到了自己也变成了小朋友，戴着红领巾，向冰心奶奶敬礼，并说："冰心奶奶，您教我们努力学习，教我们热爱生活，教我们热爱祖国，你的心是那么热啊！"

蓦地，我注意到了放在那儿的几张相片。一张是冰心奶奶的彩色半身像，我自然一眼就认出来。只见她脸上荡满了春风，皱纹填满了慈祥，清亮的眼眸昭示着年轻。另两张是巴金的单身像，一张是黑白的，一张是彩色的。在那张彩色照中，巴金穿着深蓝色西装，再配褐红色领带，容光焕发，像一个血气方刚的意气少年。于是，我问："巴金现在身体还很好吧？"但吴教授说："也并不很好。"我心想："愿他很好吧。"在书柜的上面还有一张彩照，两人合影，彼此鞠躬握手。吴教授说："那两人是冰心和叶圣陶。"

这个房间里的书不多。我想，冰心奶奶应有很多书呀！我忍不住问了起来："冰心奶奶该有很多书吧？"

"很多书已经捐献出去了。"吴教授含笑回答。

这不也是爱心吗？这是为了下一代的希望的爱心啊！我再一次问自己：后辈的人们应从前辈中学些什么呢？

"你看那两张单人床也是那么简单，"吴教授接着说，"以前一张我父亲睡，一张我母亲睡，也只木板铺草席罢了。"是啊，床那么简单，房间也那么普通、简陋。可这房间不是一般的房间！简陋，是朴素；不一般，是伟大！

抬起头，向窗外看去，我发现窗台上摆着一盆瓜叶菊。它是那么茂盛，叶子泛浮着青绿的光，显示着生命的顽强和伟大。窗外的夕阳虽是处在黄昏的时候，可是余晖仍然壮丽灿烂，照在瓜叶菊的绿色的叶子上，使人感到现在还是欣欣向荣的春天！

而我憧憬着春天，我切望着春天永留！

握手告别了吴教授，怀着留恋的心情离开了那座建筑物。面对着那建筑物，我合掌鞠躬，我以虔敬的心喃喃地祈告：祝冰心奶奶身体健康，万寿无疆！而且，我在思考着：我们后辈的人应从前辈的风格中学到一些什么呢？

呵，一个文学的巨人！

愿上帝祝福您！

满园春色宜看花

春色满园关不住，
一枝红杏出墙来。

——宋·叶绍翁《游园不值》

春天来了。

莺歌燕舞，百花斗丽争艳，百树竞秀吐绿。

北航的校园也溢满了生机勃勃的春色：树木葱翳，小草葱茏，花儿嫣红，"留连戏蝶时时舞，自在娇莺恰恰啼"。

春日正宜漫看花。请跟我漫步在校园里欣赏那艳美媚人的花儿吧。

让我们先放步在主楼东边的晨读园。

这儿有翠绿的草坪，青青的柳树，灼灼的桃花。

你看那一株株的碧桃，繁花似锦，艳如红霞，灿如彩浪。你站在那儿，"人面桃花相映红"，它恍若施朱涂粉的西子，倾国倾城也会倾倒你。咦！你瞧，那一只只黄蜂嗡嗡地嬉戏着花蕊，可惜没带相机，否则要把它们全照下来！那一团团红花衬映着绿叶，送来沁人肺腑的花气。此时，你会想起元代杨载《碧桃》的诗句吧："不是梨花飘雪树，望中清绝更无伦。"

碧桃，它没有甜美诱人的果实，它不像深州的蜜桃，月巴城的佛桃，上海的水蜜桃。可是它的花容娇丽，它的色彩斑斓，它的花片缤纷，它活在世界上，让人欣赏，把它的美无私地奉献给人间。

看够了吗？请循着右边的那条石径走。这儿有九株樱花树。那烂漫的樱花开得多么绚丽啊！有如珠玑的蓓蕾，含苞欲放；有已绽开的花，鲜红润泽，玲珑剔透。你一定会想起日本的樱花是如何遍地红染的一片，北京玉渊潭公园的樱花是如何灿烂若锦的一片。可不要只看到这几株而感到自卑。"凝艳拆时初照日，落英频处乍闻莺。舞空柔弱看无力，带月葱茏似有情。"就这几株，嫣红姹紫，芳香馥郁，足可使你目醉神摇，有若神仙欲飞的感觉。

樱花结的果可以吃，是人们所喜欢的水果。真是"外表"美，"内心"也美了。

请蹲下来，你看在这碧草如茵的中间，开着一朵朵绛紫的

小野菜花，星星点点，把草坪点缀成一张七彩的图画。要是在早晨，若有晶莹而又浑圆的露珠嵌在那花瓣中间，在朝晖的照耀下，闪动着如玉透明如画斑斓的光，恐怕任何一个妙手丹青都无法把它逼真如实地描绘下来！

你觉得太美丽，太可爱了吧。

还有，把头往那边看。那儿也长着许多许多的不知名的野花。它们在一根根纤细的翠绿的草叶间向你仰望，露出妩媚的笑脸，使你充分领略它们虽小却又令人目眩神迷的娇容丽色。

那柳树，"碧玉妆成一树高，万条垂下绿丝绦"。修长纤细的柳丝抚摸着芳草的嫩绿的面庞，随着轻风荡漾，交织成了一张薄绒绒的绿帘翠幕。透过这张帘幕，像透过绿色的帷幔，看看那嫣红的碧桃花、樱花，绛紫的野菜花，粉黄的野花，在你眼前仿佛展开的是一张染彩绣花的瑰丽的绸锦。

那边石椅上的男生、女生面对着花，读着 English，French，发出琅琅的读书声，几只黄鹂在"鸣翠柳"，发出叽叽的脆耳的鸟声。花的幽香掺和着书声、鸟声，流溢着满园春色的光彩。

你在饱赏着花的美丽的同时，你不由得感叹花的连城的价值！你也不得不感叹它们的高尚的品性！它们默默无闻地把美丽毫无保留地奉献给人类，把芳芬无私地散发给人间！

我爱花，我赞颂花！

请继续跟我走去看花。

这是座嵯峨雄伟的北航图书馆。

在图书馆大门两边都近乎对称地种莳着几株紫荆树。在紫荆的枝条拥着一簇簇艳丽的花朵，盛开怒放。每边都有几株红的和几茬白的。红的，灿红如火；白的，纯白如雪。红的和白的争艳斗芳，相互辉映，使人仿佛置身于一幅彩色的画屏之中。

紫荆红，又名满条红。当我每次背着书包去图书馆自习或者借书的时候，我都想驻足欣赏，它的生机勃勃的姿态催人奋进，好像在告诉人们：在人生的路上要不畏艰辛地跋涉。据载，紫荆花不仅可供欣赏，树皮还可以入药，有活血行气、消肿止痛的功效。

我不禁对这"杂英纷已积，含芳独暮春"的紫荆花产生了无比崇敬的感情。我也要大声地赞美紫荆花！

请继续往前走，在靠近那门卫处，你看到了紫丁香和红叶李了吗？

白色的丁香花姿容娟秀，吐馨喷芳，直钻鼻孔。这"细叶带浮毛，疏花披素艳"的白色丁香，花开在枝顶，与叶相映，格外迷人。清代诗人刘大魁在诗中赞道："君不见，此花含吐如瓶瓴，欲开不开殊有情。一夜东风起蘋末，纷纷霰雪铺檐楹。"

旁边的红叶李，叶子略小，暗红，这大概是其名字的由来吧。它条条繁茂，姿态绰约，开的白花，洁净清雅，招人喜欢。地面绿草上也缀满了绛紫的野菜花和粉黄的野花。它们在清风中笑得前仰后合，似在向你点头，似在向你鞠躬。你会情不自禁地对它们敬个军礼，并对它们说："你们的美胜过王昭君，我爱你们！"

你一定还想看花吧，请继续跟我走，走出那个设有门卫的门口，你会看见 1996 年校园文明建设时竖立的字牌："长征路南"。从这个字牌背对的方向往荷塘侧边走去，那儿矮小但仍开花的樱花树不说，就说那花蕾垂垂，花团簇簇的西府海棠，可勾你的魂魄了。它们姿态挺峭秀美，未开放的紫红的花苞，如圆豆壮实饱满；已开放的花朵，似锦若霞，像涂粉施朱的笑靥，风韵绰绰地热情地欢迎着你。《花镜》中曰其花："初如胭脂点点然，及开，则渐成缬晕明霞，落则有若宿妆漆粉。"如此艳美的花，怎能不叫人喜而爱之呢？

西府海棠不但花美，而且结的果垂于枝头像一粒粒鲜红的珍珠，看上去景色美，吃起来味道也美。多好的西府海棠啊，我爱它，我要大声地赞誉它！

我们再继续看花吧。沿着荷塘岸边，迎着拂拂的春风，走过那流水石桥，往左转90度后直走，你会看到一棵树，其上挂着一张牌，上有三个赤红且略已漫漶的字"练武场"。旁边有一棵花开素白如莹雪的梨树。你一定会觉得它的花皤皤如霜，皑皑如雪吧，是的，它"总向风尘尘莫染"，不管在古人，还是今人，都爱赏其淡雅、秀艳。还有梨花，可香了，你闻到了吗？它"透骨浓薰百和香""粉淡香清独一家"。

够了。不必再去刻画入微地描述其色如何，其香如何，我也难以做到。请你身临其境再仔细点观赏其貌，再闻闻其香吧。只是提个建议：站稳点，别给倾醉倒了。

怎么样？你肯定在心中画了一个巨大的惊叹号了吧："多美的梨花，多么令人尊重啊！"

还有没有？嗯，当然还有，你还想看，请跟我走，好戏在后头。

这座在13女生宿舍楼前面的仅有一层的房舍，是北航培植花卉的温室。请走进用铁栏杆围成的围墙的门。这里的花草管理中心主任告诉我说："北航学校有温室两座，共有七个人，负责校园环境三项工作（美化、绿化、卫生）中的美化。我们担负全校花草的培育、种植、管理的全部工作。除了种植大小绿园、花圃外，遇到会议要摆花，遇到节日，如国庆节、元旦等，在图书馆前、校南门（主门）前、学术交流厅前等地方也都摆上各种五颜六色的花。人们欣赏花的美丽的同时，也许不了解花的由来。学校的花大部分是由我们的师傅自己培植的，留花籽、育苗、分苗、养花……手续多道，工作烦琐，看似简单，实则辛苦。"

"我们绿化工、美化工的工作环境并不很好，待遇也并不很好，社会地位也并不很高，但是我们的师傅不计较报酬的多少，不讲究奖励的有无，仍然任劳任怨，默默无闻地苦干。"管理中心主任继续说，"在校园文明建设过程中，修树、种花、莳草，几乎没休过星期天和暑假，而且经常从三更半夜就开始干。在1996年高校211工程预审中，受到了专家的好评，领导的肯定，我们也感到很高兴，虽然没给我们先进集体的称号。"

听罢，我对他们愈加肃然起敬了。红花绿草，默默地把校园装扮得五彩斑斓、景色绮丽，难道不是他们默默工作的精神象征吗？

再请进入温室。哇！这是奇花异卉的世界！"百紫千红花正乱"，满屋芳香四溢，绚丽流彩！那纯白的、嫩黄的、粉红的、绛紫的、青绿的，五彩缤纷，轻盈姣妍，袅袅婷婷，会撩人眼乱，醉人心神！美化工崇恒永提着水壶在细心地洒水浇水，并指着花盆列举花草的名字：雏菊、串红、蝴蝶花、黄金盏、小丽花、一品红、朱顶红、金鱼草、龟脊竹、瓜叶菊、五彩拌蕉……啊，这些姹紫嫣红、异彩纷呈的花草，粉沾衣角、红染裙裾、绿染衣袂、香湿裳布，使人看完顿时心旷神怡，飘飘欲醉，画意诗情在心中如泉喷泻！

哦，花，你是世界上无与伦比的美人儿，你是园丁工人

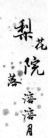

汗水的结晶。他们是美的使者，当我还看到他们培育出的一株株青青的小苗儿时，我在内心深处咏赞他们：他们是美的创造者！

其实，校园的花何止这几处，北航的整个校园都开满了鲜花，盈满了花香。徜徉在校园中，如潜游在花草荟萃的花海中，令人流连而忘返。

花是美的，兢兢业业的美的使者，他们是更美的。

当我们在花前感叹花的美丽的时候，我们不能忘却在后面辛苦劳动的他们。

我们爱花，也要爱护花，要尊敬园丁们劳动的成果，要赞颂他们乐于敬业、无私奉献的精神！

杨朔写过一篇《茶花赋》，那么我的此文改名为《校花赋》，看来也是非常适宜的了。

今夜星辰今日荷

不知今夜星辰是否会明亮。

夏日的午后，淡红的太阳向天边悄悄地隐遁。站在校园的荷塘的岸堤上，眼前的芰荷是绿莹莹的一片，赏心悦目。

哦，放眼望去，满池是碧绿碧绿的，好像铺上了一层绿色的地毯。参差的荷杆一株连着一株，密密麻麻的；硕大的叶子一片重叠着一片，每一片像圆形的绿盘。有的叶子轻轻地托出水面，有的高高地擎在空中。

这绿色会是今晚的天空的颜色吗？今夜的星辰的影子映在这荷塘的明净的水中，一定会很壮观吧。"哥哥一"耳边似乎传来一句弟弟的声音。弟弟今年初中毕业了。上高中还是读中专？弟弟正站在人生的岔口上。

弟弟是天真可爱的。乌黑的头发下有一双机灵的眼睛。弟弟的脸是标准的鹅卵石形，妈妈曾说，他长得比我漂亮。

在一片青翠的颜色中，最令人陶醉的是那鲜丽的荷花。美丽极了！有纯白的，有浅白的，有涂红的，有青紫的，也有红间白的……朵朵点缀在凝绿的荷叶中间。真是一幅巧夺天工的水彩画！"弟弟，快一起来看吧！"我似乎要喊出了。弟弟是活泼的。此时此刻，如若他在身边，一定会拉着我的手，像欢快的小鸟跳跃着。或许他还会环绕着岸堤一遍一遍地跑。

今夜的星辰会像这荷花，是五颜六色的吗？它们闪烁着明亮的光芒，一定会很美丽吧。但愿它们一颗颗在浩浩渺渺的空中熠熠生辉。

我似乎听见弟弟在问我："哥哥，荷花可以入草药吗？世界上哪里还有更漂亮的荷花吗？"弟弟是聪颖、好学、诚实的。所以他也许会这样问我。弟弟平时学习功课较好，在班上处于上游。自从我来北京读大学时起，弟弟常常在信中说要向哥哥学习，争取以后考上理想的大学。我常常在信中鼓励他说要努力学习，奋发拼搏，还常常与他谈一些学习方法。其实弟弟学习认真，无须别人催促、监督。记得大一时暑假回家，在家中我忙碌着别的事，没有很多闲暇时间顾及他，但暑假作业他每天按计划完成，只偶有不会的地方问问。

　　弟弟会喜欢这绚丽夺目的荷花吗？我在环堤上边走边欣赏，心旌被这美丽的景色摇撼。西湖的荷花层峦叠翠，漂浮在清澈的湖水中；缕缕潋滟的波光在荷叶的中间闪亮着。那景色是美丽的。如果今夜有星辰，银白的光辉洒在这儿的荷叶上，那么这儿的荷花就可与西湖的荷花相媲美，说不定还要美丽呢！我切望着今晚星辰的明亮，到时再来这儿欣赏荷塘夜景。

　　噢！我不由得停住脚步。一个粉红的花蕾含苞欲放，玲珑可爱，隐现在荷叶的绿色中。它好像在仰望着蓝天，白云。也许它明天就要绽蕾怒放，我想。那花蕾难道不是伶俐的蓬勃的小生命吗？我狂喜着。我仿佛看见了弟弟的身影。

　　一个小女孩穿着有花花绿绿图案的裙子，扎着两个羊角辫，站在池塘的旁边，手中掬着水，或许捉到了一只小鱼，或许捉到了一只小蝌蚪。只见一个小男孩把一瓶盛满清水的玻璃瓶递到她的面前。多么烂漫的欢乐的童年！那我的弟弟呢？他在哪里？在福州或许在吃冰激凌，或许在做作业，或许在看电视，在做游戏。我仿佛听见了一首动听的歌谣，它唱的是童年的愉快和希望！

　　"接天莲叶无穷碧，映日荷花别样红。"我的心陶醉在绚丽缤纷的景色中了。猛地，我想起了，今晚要打电话回家问问弟弟的录取情况。

　　不知今夜星辰是否会明亮。

大约不是初恋的初恋

> 青春是一本书，铭刻着人生的记忆。
> 青春又是一朵花，散发着醉人的馨香。
> 用彩色的花环编织彩色的梦，
> 童年的歌谣嬉戏着爱的芬芳。

——自题

那是一支碧绿的原野牧歌吗？

生活的浪花拍打着我的心坎，激励我心灵深处的冥冥的遐想。那是个初恋的故事吗？也许是，也许不是。但那是生命的绚丽的一页，所以在我的生活的日记里写下了永恒留恋的话语。

那是一朵淡红的清香的玫瑰吗？

或许那是生命的美丽的馈赠，或许那是生命的慷慨的赏赐。那时还是高中。现在回想起来，那时对世俗的理解、对人生的思考是多么幼稚和懵懂啊！而对爱情呢？也是朦朦胧胧的，像雾里看花，水中望月。

有人说，十八岁的年龄，正是情窦初开的时候。十八岁的年龄漫步在春天的花季里；十八岁哟，圣洁的情感像一朵朵雪白的睡莲，在心灵的爱湖中绽蕊怒放；十八岁哟，含情的眼睛

像弯弯的红月亮，照亮了心底的秘密。这不是神妙的时候？这不是充满诗情画意的时候？

读高三的那一年，我正是十八岁。

呵，十八岁！美好的梦想和美丽的憧憬化成了一股股清澈的泉水，在心河中汩汩地流淌。十八岁，又充满了浪漫的情怀。

我漫步在火红的枫林中捡起两片枫叶，放在唇边轻轻地吹。耳边便响起了悠悠的笛音……

我卷起裤子，在清清的河水中寻找一颗颗亮晶晶的水彩石。

我拿起画笔，在青春的调色板上着上一笔笔五彩缤纷的色彩。

我在日子的脚印里，精心地雕刻下一串串对生命的热望和希冀……

这是对生活的追求吗？

我每天一背上书包，骑上自行车，朝晖就把金黄的灿烂投射到我身上，教我弄懂人生的准则——奋搏。

那是高三了，是人生的关键时刻。高考一天又一天地逼近，现在不搏何时搏？

想到高考，我就心跳怦然，便对爱情产生了战战兢兢的恐惧。

然而，人总有不能自已的时候。这是为什么？我搞不清楚。或许只有心理学家才能阐释其中的奥秘。

那次还是高三上学期。我曾想那是初恋的开幕式吗？萍，是个苗条俏丽的女孩。她念文科，在高三（1）班；我念理科，在高三（3）班。我不知是从何时慢慢地喜欢上她，终于有一天，我才发现她的身影在我心头占据得越来越大，而且是无法抹掉的了。

躺在床上，静寂的空间叠现出她的妩媚的笑容和多情的眼神。莫非自己爱上了她？我这样问自己。爱，这是令我向往又令我畏惧的字眼！以前只是听别人说一个人如何去爱一个人的故事，可现在爱的故事发生在自己的身上，这会是真的吗？

心灵的判断已经证明了事实的正确。

于是，在那个夜阑人静的晚上，我伏在案前，扭亮台灯，提起饱蘸着灼热的思恋的情愫的笔，写下了一封缠绵俳恻的信。

那是我的人生的第一封情书！

那是人生第一次鼓起非凡的勇气，向女孩诉说心中的秘密"我喜欢你"。

在生命的蚌壳上镂刻爱的文字，年轻人的心哟，像一只风筝，在空中悠悠地飞翔。

跨入了十八岁的门槛，魂牵梦绕的日子伴随着我对生活的忧思和希望。

这是青春的哲理吗？

我把信装入一个洁白的信封内，在信封的右上角贴上两枚紧紧靠在一起的漂亮的邮票。我怀着犹豫的心把那封信投入绿色的邮筒口。犹豫，是因为我无法预料后果，只感到自己像一个淘气的做了错事的小孩。

让那封信带去我的祝愿和爱恋。我用充满希望的心寻觅人生的帆船停泊的港湾。哪怕一丝温馨的宁静，也会在生命的小溪中荡起欢乐的波涟。

其实我可以把信亲自当面交给她，但我没有这样做。或许自己不敢这样做。十八岁的季节，在我的人生的历程中，是个羞涩的季节。如果她对我来说是个平常的女孩，我倒可以毫无顾忌地和她聊天谈地。可是，自己对她越有独特的感情，越不敢亲近她。这是爱的奇妙规律吗？

离开那个只有它懂得我心底秘密的邮筒，我沿着那条宽阔的熟悉的马路上学去。这条小路是那么熟悉的噢，刻下了我一串串歪歪斜斜的脚印。清晨的风带着秋天的凉爽和惬意，吹拂着我的头发，我的脸，叫我心旷神怡。秋天的季节，本是大雁南飞、黄叶坠地的季节。可是，福州的秋依然找不到一个萧萧的身影。榕树的叶子依然青绿得像翡玉，内在的生命的蓬勃依然要延伸到冬天的边缘。那一片片绿叶，多么眷恋神奇多彩的光明的世界，即使肥沃的土地它们也甘愿舍弃。它们不是自然的生命的象征和写意吗？

东方的朝霞映着橘红的云朵，寰宇回荡的是魂魄的跳跃和心灵的驿动的歌声吗？

风轻轻的，我的脚步也是轻轻的。我听到了自己的脚步声合成了一阕悦耳动听的乐曲。

世界上没有绝对坚强的人，也没有绝对脆弱的人，但不同的人二者的比例不一样。对自己，大约是各占五成的了。

脆弱常常搅乱我的思绪，我带着忧思的眼神看着一个个黄昏的遁逃。时光只留下珍惜和思念，我用对日子的灿烂的拥抱来梳理烦乱的返思。于是，萍的柔媚的笑容在我脑海中愈来愈清晰起来……

萍和我从高中入学起本是同一个班的。她温文尔雅，是班上最漂亮的女孩，如柳丝的细腰、颀长的身材、乌黑光亮的长发，一切在我看来都是那么漂亮的，整个身体在辐射着女孩的青春的气息和活力。可是刚入学我并没有注意到她，因为从初中保送入高中，我才十六岁。十六岁，我可以像欧阳严严开着自编的玩笑，吹着自在的口哨，但是我无法诠释清楚爱情的含义，爱情的概念在我心中只留下表象的痕迹罢了。我不明白爱情对一个十六岁的人来说是个什么玩意儿。或许是因为习惯了认真读书，或许也因为身体发育方面的原因。总之，对爱情理解只像小时候奶奶对我说的"中国有个好人叫毛泽东"，可我不知道毛泽东具体是个怎么好法。

十六岁的时候对爱情的认识模模糊糊，懵懵懂懂；那时所度过的岁月是多么无忧无虑，天真无邪。在那个童心未泯的年龄，唱着一首首欢乐的童谣，折着一个个天真的纸船。让童谣变成跳跃的音符，承载着孩子的稚嫩和幻想，雕刻在岁月的记忆里；把纸船放在潺潺流淌的溪流里，让它们载去一个个童年的纯真的梦和一个个金色的希望……

然而人是会长大的，像挂在藤条上的果子的成熟。

萍不是我的同桌，也不坐在我的前桌和后桌。可是当每次期中考、期末考重新安排座位的时候，她总是正好坐在我后面。这是人生的缘分，还是偶尔的巧合？在芸芸众生的广袤世界，我无法给"缘"与"巧合"划个明晰的界限。抑或缘就等于巧合。

一次考试往往是好几天的。大约是我学习较好的缘故，考试期间，她很喜欢跟我在一起讨论一些问题。而对于她有疑难的地方，每次我总认真耐心地讲，直到她满意了为止。有时我们也互相交流学习的经验，而且我常常帮她把书一起送去讲台。

这一切在我心中只是正常的同学之间的交往，彼此的笑容只是对探讨学习的满意的响应。可是问题在于人世间的伟大常常出于平凡，重大的事往往来自不经意的瞬间。

这是唯物辩证法阐述的规律。哲理的深邃孕育着生活的闪光！

多么令人惊讶无比又令人心悦诚服！

生活就是如此，像一块璞玉，揩去尘垢便闪耀出晶莹明亮

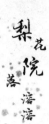

的光泽。

生活就是如此，像一个夏日的午后，雷雨过后常在空中呈现出缤纷炫目的彩虹。

哟，翻过了今天的日历，明天的生活又填满了崭新的欣喜！

那一天下午是考语文，开考之前，我照例心照不宣地把她的书一起送去讲台。她比我先交了卷，可是她忘记带回自己的书，考完后我便把她的书一起带回家，第二天带回学校还给她。

"萍，你的书。"我把书递到了她面前。

"哦！"她愣了一下，很惊讶，大概考完了试，也把书给忘到了九霄云外去了。

自己好像很喜欢她的这种憨娇的神态，我对她笑着。

下午照样有考试。当我走近座位时，我发现后面坐着的一个女孩是多么娴雅靓丽！有格子的裙子粉红间绿，衬托出圆滚滚的双腿的美丽，飘逸的长发垂下来，艳如仙女。我有点愕然，几乎认不出了她！但我知道，这个时候，除了萍，便不是别的女孩了。

旁边坐着其他的同学，我几乎不敢正眼看她。明明是同学之间的正常来往，可此时有些莫名其妙的感觉，生怕引来同学的异样目光。

她问我问题，脸带着微笑，眼眸脉脉含情。我有点不知所措。此时此刻我不敢去阅读一个女孩的眼神！

这是初恋的眼神吗？包含着希冀、欢乐、沉郁、忧伤……女孩的青春躁动的眼神是一本多么深奥的书啊！丰富的底蕴要用心灵去研读、去领悟。

如果爱神悄悄地向我来临，自己不敢面对，我这么想，因为高考在即，光阴韶韶呀！如果是多年以后彼此在大学中的某一天，那么我会用执着和热爱去真心地拥抱！

在生命的海滩捡拾美丽的贝壳，青春，是梦幻，还是现实？

把心的秘密锁进生活的日记里，把爱的种子藏在心灵的抽屉中，年少的青春哦，是充满希望的青春，却又是充满矛盾的青春！

上高二的时候，分班了。她选择了文科，我选择了理科。

虽然分了班，但不是意味着彼此长久的分别，毕竟两班是兄弟班，上下课彼此仍有见面的机会。

我经常看到她的背影。仍然秀美的头发在诉说着女孩的温柔与雅丽，更加迷人的裙子在展示着女孩的风采和魅力。

看到她，抑或在阳光明媚的早晨，抑或在斜阳脉脉的黄昏。

难忘的，永远难忘的……

在缠绵淅沥的雨天，她撑着一把红绿彩色的小伞，在雨中迈着轻盈的步伐……

在"五月鲜花歌咏比赛"的舞台上，她动着鲜红的唇瓣，唱着嘹亮动听的歌声……

在教室前绿色草坪旁，她跳着皮筋，像一个跳动的音符，在吟唱着女孩的活泼……

我们彼此邂逅，她的娇媚的笑靥向我传达亲切的问候，一对亮晶晶的眼睛告诉我她的生活的如意。

我们相见，抑或在教室的走廊，抑或在操场的草地，抑或在道路的树下，抑或在红花簇拥的花坛旁……

日子一天又一天地隐退，人生的历程拓展到了高三的阶段。

不知为何对她的思念日益增多。我曾想，难道这是生活的忧郁与学习繁重的产物吗？

思念滴入感情的储水池里，溅起了一朵朵爱的浪花。

于是，我寄去了人生的第一封情书，寄去了一颗我的还未成熟却充满了真挚的情感的心⋯⋯

人啊，为什么有时会像在森林中迷路的孩子，迷惘得连自己都不明白自己到底做了一件什么事？

信寄出去的第三天。放学了，我从自行车棚中推出自行车正欲回家。萍先看见我了，带着蒙娜丽莎的微笑，向我迎面款步而来。

近了，近了，两个人的距离在一步步地缩短，两颗火热的心在一步步地靠近⋯⋯

像一个美丽的天使从天而降，萍轻轻地靠在了我的胸前。萍和我差不多一样高，面对面的，我似乎听见了她心跳的声音。猛然，萍抬起眼睛，睫毛一跃；她看着我的眼睛，并轻轻地叫了一声："明明。"这个甜美的声音蕴含了载不动的柔情蜜意，是多么亲切！

我到这个时候才发现，萍的睫毛也是如此漂亮！我记起了自己写的诗中的一句："你是一朵白色的花 / 开在红色的春天里 / 你的绿色的眼睛 / 醉了我的紫色的心"。

哦⋯⋯

可是，就在那一刹那，我像一个傀儡，没有做出任何反应⋯⋯

我连自己都不清楚当时是怎样的。或许也永远不可能清楚。

这是为什么？我无法向自己解释清楚。高三的一年，面临着高考的挑战，责任又使我理智地抉择，或许这才是适当的理由吧。

现实允诺我背叛我的许愿，其实我多么不甘愿做一个忤逆的孩子呀！从小受到父母的教育和老师的教导，我向来是个听话诚实的学生呀！

在那一瞬间，我无法猜测萍的心里的感受。

她会恨我的冷漠吗？

她会理解我的内心吗？

黄昏啊，你是个无情的黄昏……

那个黄昏，苍茫的暮色笼罩在校园的上空，也笼罩在我的心中，没有一片彩霞，也没有一丝令人赏心悦目的夕阳。朦胧的黄昏，是朦胧的一片，花香不那么沁人心脾，风也不那么清爽宜人，鸟儿也不知何时失去了清脆婉转的歌声。

那个黄昏，我期待它的到来，可又憎恶它的到来！

……

后来听同学说萍没有参加高中统考，而去参加了成人高考。

大学的一个暑假，我回到福州，从同学知道了她家的电话号码。可接电话的是萍的姐姐，她说萍已经去美国了。

澎湃的心潮一阵一阵……

青春的誓言没有轨迹……

曾几何时哟，我们嬉闹在教室；

曾几何时哟，我们歌唱在草地；

曾几何时哟，我们相约在黄昏；

曾几何时哟……

似乎耳边响起了那首席慕蓉的诗——《一棵开花的树》：

> 如何让你遇见我
>
> 在我最美丽的时刻为这
>
> 我已在佛前求了五百年

求它让我们结一段尘缘

佛于是把我化作一棵树

长在你必经的路旁

阳光下慎重地开满了花

朵朵都是我前世的盼望

当你走近，请你细听

那颤抖的叶，是我等待的热情

而当你无视地走过

在你身后落了一地的

朋友啊，那不是花瓣

那是我凋零的心

让我用虔诚的祈祷默默地祝愿她在异域他乡快乐和顺利。

萍，你是一朵白云，一片绿叶，一缕花香，一滴清露，你的笑脸是否还纯真依旧？

让我唱一首心曲，献给痴心的诗人。

让你的梦屋爬满星星，让你的白天开满诗的梨花。

这是人生的一道景致吗？

人似一只海鸥，在蔚蓝的大海上永远不停地飞翔。

人似一粒鹅卵石，在清澈的溪水中聆听水流的歌唱。

人似一叶轻舟，荡着希望，划着理想的木桨，在生命的小河中前行。

把记忆铭记在日子的桼帛上，这是初恋的故事吗？是的。这是初恋的故事吗？不是。这大约是不是初恋的初恋。

初恋是一朵雪白的花。花开花谢，芬芳使人愉悦无比，凋零又令人黯然神伤。

初恋是一朵雪白的花。有时会结出浑圆的硕果，有时又会零作冷泥。

初恋是一杯紫色的美酒。但品尝它，有时呈清醇的滋味，有时又呈苦涩的滋味。

初恋是一首诗，读懂它，要用心神去领会。

谁能解释初恋的意义？

初恋是一颗星，明亮的时候，它能驱赶心灵的天空的黑暗。

初恋是生命的断点，标志着人生的前进。

十八岁，在写着忏悔的历史？

剪一块日子的辉煌，做成青春的彩衣，我举起酒杯庆贺生于这个年代的自豪和灿烂……

虚拟情书

一

美丽的芸：

近来好吗？

春天来了，此时的福州阳光明媚，清风习习吧。五彩缤纷的花朵飘逸着丝丝的清香，沁人心脾了吗？

在这"花开红树乱莺啼""风日晴和人意好"的日子里，

收到了远方的你的来信。知道了你是个热爱青春、奋发向上的女孩。知道了你我彼此跳动的心都向往绚丽的生活，彼此年轻的生命都喜欢谱写青春的乐曲。那么，用我们炽热的情感去创造多味的人生，用我们的美好的理想去装潢灿烂的未来吧。认识了你，我多了一份快乐，多了一份美丽，让我们在未来开心日子里，在以后温馨岁月中，用心灵去撷取生活的花儿，点缀七彩的生命吧。

人们都说，跨入了二十岁的门槛，人生多了一份成熟，多了一份宝贵。是的，我也这么想，二十岁的季节是花季，也是雨季。有"锦花拥簇，粉蝶戏舞"的 Romance，有魂牵梦萦、天高地阔的遐思，有少男少女情愫交织的玫瑰般的梦。我觉得我就是这样的男孩——既有男子汉的坚强，又有心的感情的脆弱。

虽然我爱好广泛，喜欢幻想，喜欢抹那旋律幽幽的吉他，喜欢提笔描述生活的壮丽，但是在我的心中，学习仍是最重要的，是首要的。学习构成了大学的主旋律，搞好学习是干好一切事情的前提。入大学之前我这么想，现在我仍这么想。人们常说人要有食物的营养，也要有精神的营养。我也觉得只有这样的生活才是充实的，只有这样的人生才是有意义的。正如你所说的，课程虽紧张，但当全部投入其中时，反而感到充实，累而不苦，乐在其中。像我所在的制造工程系，被公认是全校课程最多的一个系，大一大二大部分是技术基础课，大三大四转入专业课，四年的必修课有几十门！数学、物理、化学等，几乎无所不及，还有选修课，小学期实习等不能再谈及了，否则真的会让你害怕。不过，也难怪，像飞机那样庞大繁杂的玩意儿，坐起来舒服，做可难，别看同样的一个"zuo"，一个螺丝钉怎么设计，怎么制造，怎么安装，都得鸿篇大论，研究研究。正如我们老师所说的："要是飞机起飞后，哪怕一个螺丝钉松了，后果也是不堪设想的。"还说，"搞工程的人就不能怕烦。"噢，对了，我们这学期要参加全国英语四级统考。你也要参加一些英语统考吧？你学的英语专业，现在读些什么课程呢？Can you tell me?

芸，你念的是文科。写作，我猜测你将来也许会是一个出色的专家。至于我，只能算是业余的。不过，写散文，写小说是我最大的夙愿。现在我在校担任通讯社社长职务这个"小头"。我总希望自己能多读勤练，提高自己。而且我还希望在不遥远的将来就能够欣赏到自己的作品，尽管我的水平还是那样低下，尽管我的文笔还是那样粗糙。好极了，以后我们互相切磋技艺，交流经验，也许那会成为我们的"共同语言"。

说到北京，与我们那风和日丽、青山碧水的福州是不一样的。与我们福州相比，北京作为首都，有首都的辉煌之处，但处在北方，又有不尽如人意的地方。是的，北京比福州更豪华壮观，交通也更方便，你看那一幢幢高楼大厦冲入云霄，一条条宽阔的马路伸向远方。并且，北京的名胜古迹数也数不完，玩也玩不完。你去年暑假来北京玩，很不错，饱览祖国壮丽河山，领略首都秀丽风景，有什么感受呢？对我来说，也许就是这一点诱惑我报考到北京来。因为从小就对北京产生了兴趣。当小学读到课文"热爱首都，热爱天安门"之时，便在童年的心中埋下了插上翅膀飞向北京的理想的种子。如今理想成了现实，所以大一时候花了很多时间试图游遍北京城，曾有一次还与清华大学的同学骑自行车郊游，穿梭于大街小巷，逍遥自在，其乐融融！到现在一些好玩的地方差不多都去了。比如那古香

古色的颐和园、巍峨壮观的长城、"原始陆地"的动物园、"感慨历史黑暗，激起千古仇恨情"的圆明园，还有枫叶"轻轻飘飘红参差"的香山、绿水粼粼的北海公园、趣意盎然的游乐园，等等。不过，现在学习比较忙，而且玩得也差不多了，所以对于游山玩水，一学期有一两次就够了，比如上学期编辑部组织去玩，我们去了河北白洋淀。赏丛绿兼葭，划舟折荷，夜宿农家，真是乐趣无穷也。

北京的夏天比福州来得清爽，来得凉快，但是北京冬天的寒冷叫人觳觫，在室外我得把自己裹在厚厚的棉大衣里。否则嗽声哗然，涕水垂流。而且冬天的北京举目枯草黄叶，颓然一片，令人产生凄戚之感。所以人不"漂亮"，山也不漂亮。不像我春节回去所看到的情景：四周草木葱茏泛光，女孩裙子性感艳丽。然而对我们南方长大的人来说，飘飘扬扬的晶莹的白雪是稀罕之物。看银装素裹，玉树琼枝，又不免神采奕奕。打雪仗、堆雪人、照雪景……一幕幕化作一朵朵生活的浪花，翻滚起伏，记忆犹新。每每想起，好像又回到了童年的岁月。哦，是的，北京的风沙停了，但就在前一周还是风尘卷袭，凛冽刺面。不过，冬天在河面上滑冰可过把瘾呢！在我的学校里有个荷塘。夏天荷叶莲莲，荷花红紫，荷风送香；冬天厚冰坚实。我因为会滑旱冰（在福州只能滑旱冰），所以再拿出点勇气来，没问题。其实我体育课有冰课呢！对了，芸，你如若冬天也来北京，绝对也会让你过把瘾，只要你别穿裙子，并做好摔倒的思想准备！ Is it very wonderful?

OK! 谈了不少了。大学的光阴是美妙的，大学的生活是一幅色彩斑斓的画卷。但是生活有乐趣，也有烦恼。以后不管在信中、电话里，还是见面时，我想我还可以再多多地告诉你生活的喜与忧、笑与泪，好吗？你愿意描述你女孩的生活的趣事么？请来信，我企盼着。

让这封信带去我最美好的祝愿，带去我的最亲切的问候，飞遍千山和万水，飘逸于你的案前吧！

祝快乐，如意！

友：明明

1996 年 4 月 3 日

于北京航空航天大学

二

芸友：

您好！

生活仍然一天又一天的过去，光阴依然一滴又一滴的流逝。历程如歌，默默追求，在天寰另一角的你是否活泼欢笑如故，是否欢畅愉快依旧？

你说你喜欢读我的信，像散文，像诗，如一片绿叶，如一朵白云。其实呢，我也很想拜读你的信。挚友送福，倍感温馨；见信如见面，有朋自远方来，不亦乐乎？

你在信中谈了一些对朋友的看法，我赞成。我的态度呢？我觉得即使人生之间在生活中难免会遇到一些误解、抵牾，但是对朋友者，我常常认真、诚实、真挚、坦然。友情，是一笔财富，值得永远珍藏；是一朵花，装饰人生的艳丽；是一滴蜜，甜遍浑身；是一滴甘露，滋润人的心扉。我记得自己写过一篇《为朋友祝福》，现摘抄几段如下：

朋友，闪烁着友情的词，流溢着挚爱的心，几人赞颂，几人讴歌！

朋友，如宁静的空间，在喧嚣的时候，让你摆脱尘寰的苦恼，让你得到心灵的休憩。

朋友，如温煦的春风，在你落寞感伤的时候，提供慰藉的问候。

朋友，助你驱散心灵的天空的阴霾。

朋友，助你重新看到阳光缕缕的灿烂。

朋友，助你重新见到新的希望的曙光。

······

友谊之花，要用汗水去浇灌，要用真诚去施肥，要用谅解去除草。

撷一瓣鲜花，为朋友送去醉人的馨香；铺一张图纸，为朋友描绘祝福的色彩；飞一只风筝，牵连彼此染绿的年龄，两地悠悠的浪漫······

哦，亲爱的朋友，我为你祝福！

至于我近来的情况，照样天天像计算机在运行着听课、做作业、做实验的程序，随着英语四级考期的临近和期末的到来，紧张度一天比一天高。为了取得个好成绩，为了给本学期画上一个完满的句号，要多付出劳动喽！

你近来学习忙吗？准备 CET-6 考试，正在临阵磨枪吧！好好准备，祝一举成功！

情长于话，就此搁笔了，有空请定多来信，别忘记了，我一天一天地等待，"等到花儿也谢了"。

让你青春的果园长满微笑的果实。

想你美丽的女孩。最后祝愉快！

Friend：明明

1996 年 5 月 23 日晚

于床头台灯下

在思念的日子中

润润喜欢澄碧如洗的朗空，她坐在书桌前，眺望着蒙蒙的远端，她看得入了神，沉醉在一片冥冥的遐想之中。

惊蛰、春分、清明、谷雨……静挂在灰白墙壁上的日历一页一页地翻过去了。"阿公阿婆，播麦播禾"的布谷鸟已经销声匿迹于葱翠的稻秆的绿意之中去了，迁徙的候鸟也已经回到了北方，春天乘着摇荡的舸舟在四季循环的江流中姗姗而去。接着的便是夏天，江南的夏比北方酷热得多。润润怀念春天的美好，可是她又渴盼夏日的临至。她一想到夏天的暑假，就心花怒放，像一只欢快的小鸟，奔跃在垂满紫红圆润的野果的绿藤上，啄吃着馨甜的果汁。那个男孩，在北京放假回来，似乎能给她带去满腔的欣喜，无比的愉悦。

润润暑假已经放五天了，本该心情轻畅如云，可是这几天约略觉得有隐隐的沉重。除了看电视《恋爱的季节》外，便捧

梨花院落溶溶月

起醇如乳酪的散文集，或者吟哦一两首隽美如水的诗，或者写写日记。这几天她不去逛街买书或者买衣服，也不去享受那骑自行车观郊野的乐趣。

"他在信中说坐火车今天会抵达福州，到福州后会打电话给我，现在已经到了吗？"润润想着。昨晚刚下过一场雨，楼前榕树的绿叶愈发明亮了，潮湿的空气从窗户飘入，似乎微湿了她的裙子。

人的命运有时塞滞，有时畅顺，那是正常的无人置疑的理。可人偏偏又有思念，有时会无情地折磨着人的情愫，使茫茫遥隔的天涯人做着一个又一个的梦。

润润翻开那本封面图案清人耳目、装帧精美的散文集，语言如诗，情意恻恻，"胡颉颃兮共翱翔"的故事会使她黯然凄怆。唉！人世洼洼不平，女孩的柔情脆弱无比，比弱不禁风的林黛玉似乎还要脆弱。

润润定了定神，不去想得太多，所有的郁闷和幻想加起来足足可以撰著成一本本浩瀚的书卷了。爸妈上班还没回来，家中只有她一个人，房子静悄悄的。她抬起眼睛看见了墙壁上贴着的那张明星画。温碧霞的白皙的皮肤，娇媚的笑容，那么艳丽超绝。她喜欢明星，但不在追星族之列，但也常常梦想，要是哪一天能当上明星，那多好呀。

润润坐在那儿，思绪翻飞，便一劲地想啊，想啊。一学期没有看到他了，他还好吗？清秀的眉宇还荡着快乐的笑意吗？英俊的身材还焕发着洒脱的帅气吗？

她不想坐了，站了起来，往阳台上走去。昨天几朵玫瑰花开得那么嫣红、娇丽，今天还不会凋谢吧。润润有时一个人待在那儿欣赏玫瑰花，会待得很久，好像入了痴迷一样。

阳台上的风很清凉，轻轻地拂着面，没有溽暑的热气。平时如果看书、做作业久了，眼睛觉得疲劳，她便倚着栏杆，看看天上洁白的云絮，望望远处的青绿的小山，或者在晚上可以仰望繁密明亮的星辰。

　　润润回到了房间，翻开那本搁置在床头的相册，双眸凝视着那张相片中的那个男孩的笑靥，久久地，久久地。她闭上眼睛，慢慢地，慢慢地，唇靠近了那张相片——那个男孩的脸上印记了两瓣淡红的胭脂的唇印。

　　润润看了一下手表，电视播放《恋爱的季节》的时间还没到。她不能错过，她最喜欢看这类电视片，还比如那电视连续剧《窈窕淑女》。

　　润润瞧了瞧镜中的自己，觉得今天自己好像格外的漂亮：圆润的脸呈鹅卵石形，在柔腻乌黑的长发匹配下显得特别匀称。他说过，他喜欢留着长发的女孩。

　　她觉得有点渴了，口有点干涩，想去楼下吃根冰激凌。

　　下了楼，刚刚打开电冰箱，电话铃响了，她把手立即瑟缩回来，向客房跑去，拿起了电话筒……

　　这时，播放电视《恋爱的季节》的时间也到了，但是，不管看否，她都能欢度那恋爱的季节的时光了……

我是男孩

我们还年轻，我们不是怪物，也不是傻子；我们自己来争取自己的幸福吧！

——［俄］屠格涅夫

人好像河流，河水都一样，到处相同，但每一条河都是有的地方河身狭窄，水流湍急，有的河身宽阔，水流缓慢，有的地方河水清澈，有的地方河水混浊，有的地方河水冰凉，有的地方河水温暖。

——［俄］列夫·托尔斯泰

我是男孩。

我喜欢幻想。幻想变成一朵绒白的云絮，在晴朗的天空中追逐红霞；幻想变成一只小鸟，在树梢间跳来跳去，放声地歌唱着一丝阳光，一缕花香，偶或停在枝杈上，观看在地面上拍皮球的小男孩，踢毽子的小女孩；幻想是一条涓涓的清泉，在山涧里汩汩地流淌，听山鸟喳喳的叫声，听林涛沙沙的响声，看险峻的悬崖，看巍巍的岳嶂；幻想是一朵睡莲，在清澈的小河里舒展着参差婀娜的身躯；幻想是一只黄蜂，去采蜜于飘香户牖的桂花，去休憩于惹人怜爱的绿草……就这样，放逸想的思绪在天高海阔的宇宙中无拘无束地飞呀飞，我想坐在弯弯的月亮上，荡着欢乐的秋千，绕着地球循环，看大海中的潮汐，湖泊中的碧波，森林间的白雾，看地球是一个旋转着的椭圆球，在演绎着时时分分秒秒。

我还想变成一阵清风，在澄泓飞瀑的水帘中穿过，在依依的杨柳间飘过，在杜鹃花的脸上轻轻地掠过。

我还想变成细白的浪花，晶莹的雪花，灿烂的星星，斑斓的云彩……

年轻人，年轻人有一颗火热的心，爱好幻想。想象的翅膀会永不疲惫地在浩浩的碧空中翱翔着，翱翔着。

会奇怪吗？不会。也许一个老态龙钟的人不善于幻想，可年轻人不一样。除了现实，还有想象。

现实。这当然年轻也是逃离不脱的。

毕竟，生活有光明也有阴影。喜怒哀乐，人之常情，"月有阴晴圆缺，人有悲欢离合"嘛。

当我收到了那张北航录取通知书时，整整一个月都沉浸在喜悦的回想、美好的憧憬和觥筹交错的交响曲中。"金榜题名时"，人生能有几回？梦寐以求的夙愿变成现实，孰会无乐？

可是，分别的泪雨是蒙蒙的。那天，大学开学的日子到了，母亲千遍万遍地叮嘱，最后挥手、抹泪，凄恻地望着我远去的背影……我，也清泪涔涔……

希冀，失望，欢乐，哀伤，一串串的笑，一行行的泪……一个同学从福州寄来了一张精美漂亮的圣诞贺卡："南方的冬没有北方那样的浓厚，捎一片思念的温暖，寄去新年的祝福……"

　　诗曰："窈窕淑女，君子好逑。逑之不得，辗转反侧。"年轻人向往浪漫倜傥的生活，敏感风花雪月的故事。遥遥无期的思念会使年轻人缠绵俳恻，无缘相会也会使年轻人痛楚伤感。

　　我是男孩。男孩喜欢女孩，这是天经地义的事。我喜欢温柔又活泼的美丽女孩。我常常想：我要在世界上寻觅一个自己真心喜欢、真心恋慕的女孩，然后过着彼此相濡以沫、相敬如宾的幸福的一生。而且我喜欢穿裙子的女孩。我对自己说：要是工作以后有钱了，则要给自己的女孩买很多很多漂漂亮亮的彩色裙子。

　　年轻人，年轻人的生活的画卷是绚丽斑斓、摇曳多姿的。

　　人生的道路充满阳光，也有泥泞，开满鲜花，也布满荆棘。人生的道路，是风雨共织的网络。

　　有人说，女孩多愁善感，男儿有泪不轻弹。可我是男孩，也有看庭花溅泪的时候。我不愿自己"为赋新词强说愁"，然而事实在心头占据。一根小草，一片树叶，一只小虫，在我看来都是自然界中伟大的生灵。看花丛的戏蝶，看峰岚的雾霭，看东方的旭日，看小路的苔藓，看溪流的浪花……都会撩拨起思绪和情愫的心弦，勾起对壮丽河山热爱的幽情，对故乡悠悠思念的感情，或吊古伤今的幽思。我想用壮美的诗歌来咏赞，用优美的语句来描摹，用热情的心灵来描绘……

　　也许一个喜欢诵诗、写作、读散文、写散文的人容易触景生情的缘故，一草一木往往会激起写作的灵感。而写作又能培养较丰富的感情，我就是这样的人了。

　　然而，纵使多愁善感，终究作为一个男孩，我有男子汉的勇气。面对想家的落寞，孤独的凄寂，思念的寂寥，我不再只懂得让眼泪伤心地飞溅。当几件漂亮的自己心爱的衣服晒在宿舍外面不翼而飞时，我没有捶胸顿足地哭号，而在默默地沉思：为什么社会有这么多"病"；当遭到冷遇，甚或冷嘲热讽时，我不再独自地郁郁寡欢，我坦然一笑，等闲视之，泰然处之。我清楚地知道，自己已经是个跨过二十岁门槛的男儿了，对现实要勇敢地面对，而不是消极地躲避，对生活，要用懋然勤勉的双手去创造，而不是和尚敲钟——得过且过。

　　也许就是因为我是个男孩，所以有时候会做出令自己也觉得奇怪的事。记得高二时，有一次放学回来，路过福建师范大学的门前，看到几个人坐在那儿，旁边有一张"托起明天的太阳——希望工程捐款"的牌子，便立即奔了过去，读着那贫困山区孩子们失学的故事，怜悯之心使我在自己的口袋中寻找着钱。可是囊中羞涩呀，摸来摸去一共才找到两块钱！把钱放入盒子后，我踏一下自行车，连忙走开，脸上露出连自己都无法解释的莫名其妙的微笑。

　　要说我爱管闲事，也有点对。看到一个小孩把手放在电线上拉拉扯扯，走过去告诉他，这样危险；看见路边有一人在抱头痛哭，问其究竟发生何事，并加几句安慰的话。

　　要说我好奇，那更对了。在街上看到新鲜的事儿、新颖的玩意儿，总要瞧个够。有一次跑步完回来在北航商业街的路边看到一老妪在挖野菜，冷不防停下脚步。"我只知道红军吃过野菜，请问婆婆你们野菜怎么吃的？"我像一个无知的幼童，瞪着茫然的眼睛问道。"我们把野菜洗干净，然后蘸酱吃。"她满脸笑容地告诉我。可惜我们这一代的人都是吃"人工菜"。我心想她们吃的时候肯定会感到另有一番滋味和别有一番情趣了。不知是不是好奇的缘故，有时会觉得自己的想法很荒唐，几至荒谬。站在图书馆的书海中，见到《郭沫若全集》《臧克家散文选》《何其芳文集》……，恨不得把每一本书塞入脑中。可摇了一下脑袋，问自己：是不是在发疯？

人有爱，也有恨。曾经看过一本小说，有一句话记得很清楚："如果一个人头脑中容纳的都是个人问题，那么就容纳不下社会问题了。"我常以这句话作为待人处事的原则，但生活之中难免有烦扰之事。我最讨厌尖酸刻薄、吹毛求疵的人。或许天生是属于浪漫派的缘故，我喜欢自由自在地干我乐于做的事，而不愿被人指手画脚地干涉。如果谁老是在周围"指挥"我应这样不应那样，应那样不应这样，那么那个人就要"小心"了。不知道是否是遗传的缘故，自己经常易于被激怒，当然这在同学、朋友之间是很少发生的，一般对那些服务态度恶劣、道德败坏的人。有一次到一女生宿舍楼去找一个女生，传达室那个臃胖的丑妇白眼一横："传呼机坏了！传呼机坏了！……"我悻悻地离开，真想把她骂个狗血喷头，然而克制住了。有好几次，晚上很迟了，几乎全十六楼的人都睡觉了。突然，后面十七楼有一个宿舍喊天叫地般地高唱什么《九百九十九朵玫瑰》等，好像要发泄他们三更半夜所产生的性欲。然后几个宿舍跟着胡闹，声似雷霆撼地。我刚入梦乡，被吵醒了。后面的胡闹声声不绝耳，而不是一两句，若仅一两句还情有可原。听到有人开始骂了，我也胸中怒火燃起，跟着骂。另有一次，那次其实是不该发怒的。食堂的师傅打我的IC饭卡时，把钱多打了几十块。到三食堂叫把卡给改一下，那人说叫师傅来证明。师傅来了，我把卡给了他，他说第二天中午来。第二天中午去了，又说还未改，明天来。第三天中午去了，但又说还未改，晚上来！我自言自语地咒骂起来，眼睛喷着愤怒的火焰，恨不得把那几个人焚烧得骨灰不留。但那天晚上去了，师傅态度非常和蔼："很对不起，很对不起。其实我们也是为了学生好，但有时难免会发生一些故障，希望谅解。有空常来坐。"我又产生了歉意。其实，我对脏话是敏感的，我不想看到谁对我说话浊语满口飞，自己也很少无端地对人说脏话。当然，对无理取闹者除外。这是一个男孩的特点吗？

世界是千奇百怪，千姿百态的。人生活在这世界上往往会碰到一些趣事。记得有一次在十八楼后的澡堂里洗澡。我们几个一丝不挂地光溜溜地在低头洗着。突然，一个女人，穿着衣服的留着一头光滑乌黑的披肩长发的人闯了进来。"她"没脱衣服，正当我们面面相觑地惊愕之余，"她"走向隔壁那一间去了，我问旁边的人那人是不是女的，他们说不知道。半分钟后有两个人正欲去那间洗，刚到门口，立即转身，他们也问那人是不是女的。我摇头。我说让我看一下到底是不是。我蹑手蹑脚地走到那门口，趴在那儿，把头伸了一下。哇！乳白色的三角裤。"她"面向墙壁，只能看到屁股。不过，怎么没戴乳罩？是不是已经脱了？我把肥皂往"她"面前一扔，跑过去假装捡肥皂。抬头一瞧，腿间那个地方长的东西跟自己一样。噢，原来"她"也是个男的！回来说后，几个人捧腹大笑……

我是一个男孩吗？对一个男孩，好像没有多少文人骚客赞美过。据我所知，文人骚客笔下的美人儿大部分像王昭君，像罗敷那样，会使"鸟惊入松网，鱼畏沉荷花""锄者忘其草，耕者忘其犁"。还有很多现代诗人把女孩比作诗，比作花。

因而，我常常想，假如我是一个女孩，我会把自己变成什么样子的呢？

假如我是女孩，我会喜欢穿长裙、迷你裙、超短裙，我的衣服会浅绿色配粉白色、淡黄色配浅红色，我会把纯白毛衣配健美裤，格子衬衫配背带裤，紧身衣配牛仔裤……我会经常光顾时装店，看看新的款式，欣赏新的色彩。或偷偷地跑到书店，翻翻《时装世界》《女性最新潮流时装》……

假如我是女孩，我会经常跑到超级市场化妆品专柜去。但我不愿浓妆艳抹，敷粉施朱，只要淡淡。

假如我是女孩，我会喜欢唱歌、跳舞，我会学弹钢琴，在琴键上演奏优美动听的琴声。

假如我是女孩，我将留一头乌黑光亮的披肩长发。

假如我是女孩，我会……

但是，我是男孩，我不会去做变性手术的，其实我也骄傲，自己是个男孩。

因为女孩是诗，男孩也是诗。

因为女孩是花，男孩也是花。

弹奏年轻的浪漫

有谁不稀罕自己的 Romantic 的青春？

有谁不吝惜自己的宝贵的韶华？

年轻人的理想的翅膀如箭，飞着，飞着，在早晨，在黄昏，在晚上，不断地飞着。哟，掠过田野的上空，那不是一个稻草人吗？憩息在苹果树的树枝上，那结着的硕果不是浪漫的微笑吗？幸福的一刻，是浪漫的珍惜，羁旅在秋天的季节，宁静的夜晚在写着一个叫浪漫的词语。听吧，春来了，花对我说："给你一份浪漫的清香。"而鸟停在我的手中，说："我给你唱一支浪漫的歌。"谢谢，花；谢谢，鸟。

一个小女孩牵着妈妈的手，"妈妈，我要吃一块叫浪漫的巧克力。"她说。妈妈笑了，亲了一下可爱的小女孩。

在一个静谧的森林里，一个女孩碰见了一个男孩。"送给你一束紫红的野花。"那个女孩面对着那个男孩说。而那个男孩，爬上一棵高高的树，摘下了一个有点酸但很甜的野果。他说："送你一个叫浪漫的野果，美丽的女孩。"

星星说："浪漫吧，年轻的人儿！"

我说："我的名字叫浪漫，是从外星球来的。"

浪漫呢？在哪里？她长在花蕊的中间，它坐在弯弯的月亮上，她笑在初恋的眼神里。她在跳着芭蕾舞，她在荡着秋千，她在唱着情歌。

哟，浪漫！你是一个贝壳吗？在贝壳上刻下了我的青春的图案。你是一滴芬醇的酒吗？在酒里盈满了我的生活的滋味。

我是一滴露，停在翠绿的叶子上，浪漫说："我给你一些光芒，让你熠熠地闪光。"

我是一粒沙，沉在小溪的中间，浪漫说："我给你一种魔法，让你变成一颗璀璨的金石。"

浪漫是一只小鸟，憩在生活的书窗上，伴随着一个天真的书童。

浪漫是一枝竹子，长在人生的公园里，点缀着一个纯真的梦。

浪漫……

我是泪，给浪漫的花浇灌；我是笑，给浪漫的花施肥；我是希望，给浪漫的花阳光。在皎白的月光下，男孩对女孩说："Dear，你喜欢这样东西吗？"女孩搂着男孩的腰，娇滴滴地说："喜欢。"于是，那个男孩送给了女孩一件礼物——浪漫。然后，女孩双手接着，说着"谢谢"，并且深情地吻了一下男孩。

浪漫会飞吗？飞在碧绿的草原上，看奔驰的野马；飞在明净的蓝空下，听牧童的笛音；飞在辽阔的大海上，望浩渺的碧波。浪漫飞着，飞着，飞过了长江，飞过了黄河，飞过了塔里木盆地，飞过了珠穆朗玛峰，飞过了亚洲，飞过了尼罗河，飞过了非洲原始森林……

浪漫会哭吗？当女孩与男孩分别的时候，当考试不及格的时候，当想家、想爸妈的时候，当朋友冷漠的时候……她会忧伤吗？她会感到凄凉吗？浪漫，你哭了，你尽情地哭吧！

浪漫会笑吗？她会高兴吗？

好棒的，浪漫！

月移花影，浪漫静静地躺在床上睡觉，她做了个梦。她梦见变成了一只粉黄的蝴蝶和一群活泼烂漫的小孩，在奇花异卉应有尽有的花园里做着游戏。

竹摇清影，浪漫静静地坐在书桌旁，她在写着一首清丽的诗。她写着："我是一只萤火虫，飞在你思念我的夜空中；我是一滴水，流在你喜欢我的情河中……"

星垂平野，浪漫散步在绿茸茸的原野上，她在等待着黎明，等待着去拥抱那叫爱情的阳光。

浪漫是一丝阳光吗？她穿透黑暗的天空的阴霾，显得姣妍无比，她照亮清澈的溪水的小鱼，显得温柔无比。她照耀着山涧的流泻的泉水，照耀着绿草之中的嫣红的野花，照耀着海滩上的斑斓的彩石，照耀着山上的青绿的竹林，照耀着小湖中的雪白的荷花，照耀着溪畔的青青的芦苇，照耀着……

浪漫是一片绿叶吗？她长在翠绿的桦树上，长在翠绿的松树上，长在翠绿的苹果树上，长在翠绿的榆树上，长在翠绿的梦中。她飘着，飘着，飘过春天，飘过夏天，飘过秋天，飘过冬天；她笑着，笑着，笑在朝霞绯红的早晨，笑在夕阳淡红的黄昏，笑在月光皎洁的夜晚。

浪漫是一朵花吗？她是粉白的百合花，是艳红的玫瑰花，是浅红的罂粟花，是淡黄的蝴蝶花，是紫红的紫荆花……她有时一丝一茬地簇拥着，有时一朵一枚零星地点缀着。

浪漫，浪漫是一串圆熟的葡萄，亮晶晶的，静悄悄地在等待着远方的客人的到来；浪漫是一个个橙黄的枇杷，活泼泼地摇颤着，在热情地招呼着似曾相识的朋友；浪漫是一粒粒青色

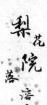

的橄榄，赠予人们津甜的滋味。

我爱浪漫，爱浪漫的温柔，爱浪漫的美丽，爱浪漫的善良，爱浪漫的活泼，爱浪漫的美好的一切。

浪漫是诗，隐喻着人生的哲理；浪漫是歌，赞扬着青春的美妙。把一粒粒浪漫连成一串温馨的时光，情感的懊恼变成了一缕生活之花的芬芳。浪漫是富裕，享受着人生的珍爱；浪漫是宝藏，昭示着人生的美丽。

浪漫是宁静，寻觅着甜蜜的港湾；浪漫是欢笑，铸就辉煌的梦魇。浪漫是什么？浪漫的意义在哪里？浪漫教你哭的时候懂得笑，教你笑的时候懂得哭，教你哀伤的时候懂得喜悦，教你喜悦的时候懂得哀伤。

浪漫哟！你从我的枕边来，你从我的枕边过。我成功的时候，你分享我的欣喜；我失败的时候，你减除我的苦恼。

浪漫，为了你，我有了收获，又有了失去。我爱惜你，我又抛却你；我爱你，我又憎恶你；我赞你，我又贬你；我为你而笑，我又为你而哭。

浪漫，你是女孩吗？你为我提供安慰。你是男孩吗？你为我提供依靠。

浪漫，你是甘霖，润我干渴的梦田；你是幽静，甜我酣美的梦乡；你是乐音，清我动听的梦歌。

浪漫，你是酸的吗？你是苦的吗？你是辣的吗？你是甜的吗？

浪漫，我是男孩，她是女孩，你是一条线，你牵连着我们的心吧。

在我存满理想的小屋的墙壁上，贴了一张美人儿的图——浪漫。我点燃一炷檀香，跪在上帝的面前，祈求说："上帝，给世界创造一千个叫浪漫的男孩和一千个叫浪漫的女孩吧！"上帝右手一扬，说："请看——"

浪漫坐上了"和平号"航天飞机，要去尽情地遨游太空。请等等我吧，我要跟你一起去，坐着航天飞机，飞出地球，飞出太阳系，飞出银河系，飞向浩渺的宇宙……

浪漫变成了一只湿黄的雏燕，在巢中嗷嗷地叫着。一阵风吹过来了，说："我是一个从上千年活下来的人，我原是秦始皇部下的一个将军。现在我给你传授一个长生不老的秘诀。"于是，浪漫又变成了一只大燕子，扑翅飞翔而去……

浪漫是一个小孩？她捉着扑面的柳絮。她是一个圣诞老人吗？她送给孩子精美漂亮的圣诞礼物。

浪漫生在达尔文的航船上，和达尔文一起绕着地球环行；浪漫坐在哥伦布的肩膀上，在刚刚发现的"新大陆"上来回奔跑。

浪漫坐在桌子旁，拿破仑给她斟了一杯酒。浪漫问："拿破仑，你和几十个女人睡觉，你怎么有办法？"拿破仑举起酒杯并笑着："有。好，来，我们干杯。"

浪漫和蒋介石在下着围棋，突然，浪漫掷子赌气，说："蒋介石，我通过心电感应，发现你心中有一些恶意的想法，我不跟你下了。"于是，浪漫一转身，拔腿就跑，跑呀跑，跑呀跑……

嗯？浪漫呢？浪漫在哪里？

浪漫跑到了深山密林中去，跑到了一个流水清澈的小溪旁，她脱光了衣服，"扑通"一下跳到了溪中去游泳……

浪漫哟……

浪漫坐在经理办公室的靠背椅上，对着秘书小姐说："小姐，你今晚陪我去跳舞。"

浪漫牵着一只白色的可爱的小狗，在草地上追着一只翩翩飞舞的蝴蝶……

浪漫在唱着卡拉 OK："我爱你！我爱你！……"甜美嘹亮的歌声陶醉了每一个人。

浪漫举行了一个生日 party，生日蛋糕上插了二十一根红色的小蜡烛。浪漫把蜡烛吹灭，朋友们掌声四起，并高声唱着："Happy birthday to you!

浪漫吹响一支长长的芦笛，悠悠悦耳的声音飘荡在浩瀚的天空……

浪漫是什么，浪漫是欢娱，扼制空虚的滋长；浪漫是清幽，嚼碎喧嚣的烦躁。浪漫，在我摔倒的时候，扶起我；在我失落的时候，提携我；在我骄傲的时候，又劝告我；在我失败的时候，鼓励我。

浪漫，你多好啊，你是一片晶莹的雪花，飘在我缤纷的梦里，你是一丝和煦的春风，吹在我生活的书中。

哟！浪漫！

你回来吧，你别走呀！

……

"咚叮，咚叮"，两声吉他的声音把我从梦中叫醒，原来是自己的手碰到了吉他的琴弦。在床上，刚才还在弹奏着吉他，不知何时竟迷迷糊糊地睡着了。我又翻起那首吉他独奏曲《爱的罗曼史》，拨动一下弦，铮铮琮琮的声音又在耳边响起……让年轻的浪漫伴随着生活的每一时每一刻。

弹奏吧！弹奏吧！

舞出青春的俏丽

我们是热情迸发的年轻人，摆动我们的腰，舞起我们的手，加入狂劲的迪斯科的行列吧！

——题记

歌在唱，舞在跳，我们的青春在微笑。

"嘣嚓、嘣嚓……"豪华辉煌的舞厅传出了狂烈的迪斯科音流，伴随着一束束五颜六色的灯光。那灯光在激情地旋转着，闪烁着……

这音流，使风露出了笑脸，拂动着垂柳，弄着婆娑的姿态。这音流，使月亮跳出了暗淡的云层，使它睁开明亮的眼睛，俯瞰着舞姿的妩媚。

一群俊男靓女，红红绿绿，沉浸在这缤纷飞扬的音符的音流中，随着跳动的节奏，扭转着身体，塑造着舞姿，挥舞着手臂……

舞，属于你，也属于我。舞，是少男少女渴慕的浪漫，你在其中浪漫，我也在其中浪漫。

我是喜欢跳舞的，曾经对舞之迷恋，几至心醉神迷。

高中的《青少年文明行为规范》明文规定中学生不准进营

业性舞厅；处于中学生的我，忠实听话（高中班主任的评语），牢记恩师"争分夺秒迎七·七"的告诫，梦寐求之——考大学，考大学。所以，舞之事，只看到、听说而已，也根本无什么舞兴了。第一次接触到交谊舞是高二暑假夏令营的时候。那时去峰峦叠嶂、曲溪萦回的福建武夷山。住在宾馆里，晚上有时候打牌，有时候买些花生、蜜饯、糖果，跟大家聚在一起闲侃。有一天晚上吃过饭，既不打牌，也不闲侃，老师和同学都坐在舞厅里（舞厅和饭厅是隔壁的）。看到几个青年在柔和的半明半暗的灯光下，在幽幽的舞曲中翩翩起舞，时而轻盈，时而刚健，真想自己也加进去。但是，每个同学都不会，只可望而不可即。有的同学开始研究起舞步动作，进退进退、左右左右地模仿着。可是，游山玩水时和我们说说笑笑的教导处主任这下却不让步，叫我们回房间，说舞对中学生不适宜，有害身心健康。其实，在背后偷偷地只说他一句，他已经五十出头了，根本不会跳舞！

舞梦一直做到进了大学方开始变为现实。

作为一个大一新生，稚气未消，对大学的一草一树一花都感到好奇。强烈的好奇心如炽火在心胸中燃烧。在蔚蓝的天空下，穿梭在校园的葱茏的绿色中，心中的波澜在翻腾汹涌着。那文学社、剧社、吉他协会等，好似一座座神秘的迷宫。进入迷宫，似乎就开始了趣味横溢的青春的游戏。当第一次看到周末举办舞会的海报时，眼睛一亮，心中怦然一动。一面是好奇心，一面是梦变为现实的狂喜，决定晚上一定得去开开眼界，或者体会体会一下大学生活的浪漫。

北京的九月的夜是清爽的，人的周末的心情是轻松的。

当时的我不知道如何着装最合适。那天晚上穿着棕红色皮鞋、深蓝色牛仔裤、白色内衫衣配外面有格子的花色的西装，觉得蛮不错。那件西装是国庆节逛北京城时买的，价格不低，一个个格子中白色、咖啡色镶嵌着浅红色，看上去会微微地闪烁着光泽。

同学中没有一起去的。害怕、惊奇、激动，就这样走进了舞厅。

说舞厅，其实是临时借用的，本来是体育馆。大学里常常有这种情况，没有专门的舞厅，晚上把食堂或者其他的什么地方挪出来临时作舞厅。北航的学生们自己办舞会常常在体育馆、六食堂、主楼大厅或者四个教学楼的大厅。

这个体育馆是宽敞开阔的，挤满了男男女女——舞蹈爱好者。

第一次进舞厅像第一次进考场一样的，紧张兮兮的。看到别人跳得兴致勃勃，男人牵住女人的手，搂住女人的背，女人靠着男人的胸，搂住男人的肩，觉得害羞透顶了。心中是跃跃欲试的。但对舞步一点都不了解，而且要请个女孩，这、这……况且怎么邀请女孩合适也不知道，说不定被骂一顿那就倒霉。所以首先只能呆呆地傻里傻气地坐在那儿。

灯光柔和，红绿橙黄；舞曲幽幽，轻柔如水。

很快，发现方法也很简单。男的走到女的面前，略欠身鞠躬手一伸，"小姐，请跳舞"，就成了。但我很害怕，不敢去请女孩子，拿不出勇气。

舞曲一首接着一首。

不知何时，心中这样想：没关系，拿出男子汉的勇气来，去请个女孩来教教。

于是，走到了一个柔发披肩、嘴唇淡红、长裙过膝的女孩

面前。"小姐，能请你跳舞吗？"我保持镇静，语气轻轻，大大方方，彬彬有礼。

没想到那个女孩微笑地点了点头，很快地从座位上站起来。

棒极了！音乐似乎更美更动听，流入人的心窝，甜滋滋的。

来到了舞池中间，她伸出了纤纤玉指，可以看得出她对舞有兴趣，而且经验比较丰富。我有点不敢碰她的手，恳切地说："可我不会，我是新生。"

"没关系，我来教你。"她显得很温柔。

真是个可爱的女孩！

……

第一次的舞会，令我难以忘怀。

也是第一次的舞会，给我增添了信心和勇气，以后的周末如果有舞会，又倘若作业不多，则可以考虑考虑。

年轻的大学生是血气方刚的人，用欢娱战胜精神空虚的蹂躏，用欣悦吞噬生活的懊恼，用轻松畅快扫除学习的紧张惶遽，我们的生活充满阳光和花香。"潇潇洒洒星期六"是有道理的。大学的学习是繁忙的，不亚于高中。虽然闲暇的时间不多，但放松一下绷紧的神经，调节一下懈怠的精神却是应该的。劳逸结合嘛。如果只懂得书、书，一星期的每一天，一天的每一个小时都埋在书堆里，我想，若是我，非变成书呆子不可。那么，书堆就变成了沉落我身躯的陷阱。曾在电视剧《聊斋》中看到一则故事，一个书呆子只知道妻子唯一的用处是做饭、洗衣服。真好笑！

娱乐的方法异彩纷呈，有的人喜欢看录像、看电影，有的人喜欢打牌、闲聊，当然也有的人花前月下、卿卿我我。而我呢？Dance。

市场经济意识渗透到各个领域，跳舞也是要花钱的，即使是校内学生办的舞会。北航舞会与北医（北京医科大学）舞会的收费不同。在北航，男士五元，女士免费；在北医，男女一律三元。这似乎是男女不平等，但细细想之，却很有道理。北航的女生少，"物以稀为贵"嘛，正像有人所说的像珍贵的一级保护动物熊猫一样。如果对女士进舞厅门口还加以"征税"的话，那只能男士与男士抱在一起跳了。还有一个好处，就是吸引北医的女士来免费参加。北航的女生，漂亮的好像……曾有酷爱跳舞的哥们对我说："你为什么不到北医去跳？既然女生多，有漂亮的概率就大。"我回忆一下概率学中的有关规律，觉得有道理。

舞，好似一件斑斓夺目的彩衣，年轻人穿上它，浪漫的翅膀在飞翔；舞，好似一叶画柱雕梁的画舫，载着青春的希冀，在岁月的湖面上荡漾。

舞会大部分是男士主动邀请女士，难免有遭之拒绝的时候，或许会被冷漠的表情吓得缩退几步。如果是这样，不说那个女士没修养，我觉得她是个"鬼蜮"，或者更确切地说，她像鲁迅在《从百草园到三味书屋》中所写的笑里藏刀的美女蛇。明明来跳舞，也许会打扮得如花似玉，可人家请跳，又狂傲无比，难道不是美女蛇吗？如果对那个男士感到厌恶，至少也礼貌性地拒之。我对遇到这种情况的男士说一句话："不必感到尴尬或丢面子。相反之，如果是女士主动邀请男士，说不定你也会拒绝女士。"我遭到白眼的机会比较少，一般女孩很愿意跟我跳，并且常常带着美丽的微笑。然而，拒绝不是没有，常有的理由是"我不会跳"，或"我想休息一会儿"。

此时我绝不会去勉强，或许人家真的想休息，或许人家男朋友在场呢！

还好，事物符合辩证法规律，看待事物要一分为二。男士主动邀请的权利也有好处。不想跳，坐下来欣赏别人轻盈美妙的舞姿；想跳，走一圈，选择个合心意的女孩。有人介绍这样的经验：跳的过程中发现哪个貌美的女孩，等此曲结束时走到她的身边，下一曲刚开始就马上请她。因为漂亮的总会引起男士的注意，如若犹豫不决或动作缓慢，往往是请不到的。可能有这种情况：有的女生不怎么漂亮，很少人去请，甚至几乎没人请。那坐在漆黑的角隅时，一整晚的冷遇使孤寂的心哀伤嫉妒又增添心灵的空虚，多难受啊！

舞是一道美丽的风景，年轻人用躁动的心灵来追逐。不必去说鲜丽娇媚的牵牛花，不必去说风姿妩媚的荷花，舞是美好秀丽的生活之花，年轻人可以凭着积极的热情，活泼的性格和不懈的勇气去采撷。我也愿去采撷，像摘一串饱圆如珠的荔枝。然而，我不是每周去跳。钱姑且搁旁不提，一个晚上的时间是很宝贵的，暂时的身心愉悦不足以弥补过分的精力的消耗和时间的损失。我常想，做人要有耐性、毅力，要做一件事，特别感兴趣的话，要不遗余力地探索、钻研，这样成功的端倪才会逐渐露出，可是，不能钻牛角尖，往死里钻。跳舞的时间花去太多，我反而会感到懊悔、愧疚、惆怅，肺腑里发出连连的叹息："唉，又浪费了一个晚上。"又何必如此欺骗自己，折磨自己呢？

节奏强烈的迪斯科、旋转起伏的华尔兹，这不是愤懑的发泄，哀伤的诉讼，这是热情的迸发，青春的燃烧……

舞厅，是体现修养风度的场合，又是提高社交能力的场所。

"有缘千里来相会"，说不定一时的邂逅会摩擦出炽热的情感的火花呢。

当时我并不满足舞厅中学的那几步。最简单的慢四，只要跟着音乐的节奏，东摇西摆，有个样子，似乎就行了。但对快三、探戈等花样，并不是一下子就能学会的。跳舞也要用心去领悟，因为不同的舞有不同的特点，有的舞要求动作干脆利落，有的却要求弹性柔滑。像伦巴，跳起来给人的感觉要像波浪向前传递一样，轻松自如，富有弹性，如绸带轻飘，如轻浪波动。

有一次，看到体育馆前的宣传栏处贴了一张海报，说举办交谊舞培训班，男的 10 元，女的 8 元，男女一对一起报名，优惠，15 元。地点就在北航附近的一个学校。看后，不假思索，决定去学习。觉得有这样的机会太少了，不禁得意扬扬起来。

回到宿舍，把消息传开了，没想到同宿舍的一个同学眼睛一亮："好，我也去报名学学。"他挥起手，在空中胸有成竹地划了一下。

飒飒的秋风轻摇着树叶，弄着清凉的树影；小鸟在枝丫上跳来跳去，欢叫着，歌唱着。我们骑着自行车去报名。

交了钱，拿到了一张学员证，就可以上课了。

在那个学校的一个宽大的食堂里开始了第一次课。很清晰第一眼的印象也是男多女少。这跟在北航里有什么两样？报名的时候那个人还口口宣称："有足够的舞伴，有足够的舞伴。"现在足够到哪儿去了？第一次感觉，像给我们泼了一盆冷水。

心理学研究表明，第一次见面留给人的印象是至关紧要的。大约出于这个缘故，两位老师穿得很庄重、正式。男的，五十岁出头，蓝黑色西装配浅红色领带，黑色皮鞋锃亮发光，

显得严肃稳健。女的起码四十多岁了，脸上条条皱纹清晰可辨，上身穿着乳白色紧身衣，胸部的轮廓曲线明显，下身穿着艳红色的裙子，上部小勒住腰，尾部大，圆形，整体看上去像倒置的舒展开着的荷叶。跳起舞旋转身体，犹如孔雀开屏，煞是好看，像亭亭玉立的少女。

首先详细做了自我介绍，简单说明了一些与舞会有关的基本礼节的知识。接着，随着录音机中播放着的浪漫舞曲，两位老师开始表演华尔兹、探戈等舞。很好，教师舞蹈的水平不低，表演完后，全场掌声四起。我信心倍增，心想，在这舞艺精湛的老师的教授下，学好舞是不成问题的。

那次我也西装革履，倜傥潇洒。

后来的事实是，所教的内容较高深，适合中班或提高班的学员。或许是自己笨拙的缘故，对我这样的初学者，对舞步了解不多的人感到有点跟不上。

然而最会令人恼怒的是，他们的上课时间变动无常。原说好了下次上课的时间、地点，当时间到了，穿戴稍微理好一点，按时匆匆地赶到那儿的时候，只有一张通知铁面无情地告诉你时间改为什么，或下次来。这次令你白走一趟不说，改为的那个时间未必有空。呜呼！

真想在这儿无情地抨击诅咒一番，好宣泄一下心中的愤懑，可想想算了。但不能否认，建立市场有好处，也有弊端，现在是物欲横流的社会，有些人被钱欲冲昏了头脑，以所谓培训班、辅导班等乱七八糟班的名义骗取钱财，使一些不识良莠的人上当受骗，等钱财落入囊中之后，责任心哪儿去了，道德心哪儿去了？

像那两个所谓的老师，舞的水平高吗？很高。但内心是丑恶的。他们第一次美丽的着装只是想掩盖其内心的丑恶。像资本主义社会的所谓"民主"，披着华丽辞藻的外衣，其实是金钱的民主，富人的民主，而不是穷人的民主，所谓"平等"是笼络人心的实际的不平等！

后来一气之下，忍声吞气，算倒霉了一干脆不去！

这次虽然没学到什么，但对社会问题的认识以亲身体验的方式上了生动难得的一课。"吃一堑，长一智"，从这种意义上说，得到了一次意外的难得的收获。

但这次对舞的兴趣并没有多大的毁损，后来在校内选修了一门体育舞蹈课。

教体育舞蹈的是位年过半百的男老师，虽然头发稀少但老当益壮，和蔼可亲。

那时一星期两次课：周二下午5：00—7：00，周五下午5：00—7：00。每到上课的时间，主楼广场上聚集了一群人儿，人声嘈杂。

在北航，男多女少似乎是永恒的规律。在广场上每次上课时，这个规律都适用。于是老师立了一条规定，女的不能跟女的一起跳。男的呢？当然可以。常常见到男的与男的抱在一起跳，把其中一个男的当成女的。这是不得已而求其次的方法，我很少去用。

因为男多女少，所以曾发现有这种情况：有的男的，在未上课之前，站在人群中间，装作若无其事，手插口袋，俨然一副正人君子风度。可他的眼睛在紧张地工作，头在360度转圈，眼光像一束雷达波在人群中扫描，搜寻目标——舞伴。搜寻到较满意的女孩后，悄声无息地站到她的旁边去。老师上课，他蹩脚伸颈，貌似认真倾听讲解，仔细观察示范，实则眼光转到

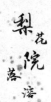

身边去，准备等到老师一说"男的请女的练习"后，就立即请那个女孩。

体育舞蹈，名带"体育"，其实与交谊舞没多大区别。老师主要教了慢四、平四、慢三，到了第八周就考试。显然我不费吹灰之力就通过了，一是上课所教的简单的舞步我早已会了，二是老师已经认识了我，正如他自己说的："凡我面熟的，不会给不及格。"

年轻人龙奔虎跃的身影在广场上晃着，昭示着青春的欢乐活泼……

《同桌的你》的歌声在夕阳抹红的广场上萦绕着、荡漾着，显示着舞的高雅和浪漫……

除了期中考与期末考那段时间外，北航周末的舞会比较多。但谁也无法逃避堆积如山的作业，费力费时的实验，烦琐复杂的上机操作。一般说不是坐在教室的炽灯下，就是挤在人多座少的图书馆阅览室中。

现在回想起过去三年的大学生活，大一时经常去跳舞，大二时少多了，大三时更少，只有那么屈指可数的几次还是同学相邀，盛情难却时去的。常常想，去跳舞，何不如去看看书，写写作业或者弹弹吉他也行。再过十天就要去沈阳一工厂实习，立即就成为大四的学生了。大四的时候，我想，肯定也没时间去跳舞，因为还准备写一部长篇小说，准备留学日本，所以愿望能否实现还不知道。对于将来呢？如果有了女朋友，又如果女朋友喜欢跳舞的话，则可以带她去跳跳。

其实，我最喜欢跳的是迪斯科。跳迪斯科的时候很狂，汗流浃背也不在乎。曾与几个日本朋友去迪厅蹦迪，场面火爆热烈。

20 世纪 90 年代的人们已经更新了对舞的观念。

在现在年轻人的眼中，舞是一项高尚的精神休憩的娱乐方式。这与古代人认为舞女的地位贱微、卑下的观点迥然不同。而且，随着科学技术的发展，科技的现代化已广泛地渗透到舞的领域中去了。

舞，假如是一朵花，一定会很鲜明；假如是一颗玛瑙，一定会很夺目；假如是一块宝玉，一定会很晶莹。

舞不是孔雀，没有锦丽的羽毛；不是桃花，没有娇娆的花萼。舞是年轻人向往的浪漫，像一只彩色的风筝，在年轻人多思多想的空中翱翔。

让我们伴随浪漫的微笑，去舞出青春的俏丽吧！

柔水月光江滨夜

仲夏的黄昏，笼罩着一层朦朦胧胧的暮色；太阳的余晖还在绚丽地抹红着江水、大厦、峰峦……从江边望去，类似秋天的景致："落霞与孤鹜齐飞，秋水共长天一色。"

明明，一个戴着近视眼镜的小伙子，一个半小时的午睡使他把倦怠烟塞雨雾得一散而尽了，看过去精力显得更加充沛。

他兴致勃勃，忙了这又忙那，又是穿西装，又是系领带，又是擦皮鞋。他跟敏敏——那个高中时候的女同学一约好了今晚，

要去看江滨仲夏夜。

江滨仲夏夜，不用说，容易勾起每个人的那诗情画意般的意境的想象：江滨的高楼大厦参差林立；如雾似云的灯辉靓妆着暗黑的夜空；月光缓缓流注着乳白色的辉光，大地如披一件薄绒的雾霭；大桥横跨江的两岸，桥上的车辆来往如织，车辆淡黄的灯光直来直去着，而桥下流水浮动着橙红的、银白的灯光的影子，好像一只只锦鳞斑斓的鱼在清水中悠闲地游动；卡拉 OK 厅的嘹亮的歌唱声、舞厅的悠扬的乐曲声、江中泛舟划桨的哗哗声，组成了一阕阕美妙的交响乐章……

明明喜欢城市的夜景的美丽，几乎不亚于他对跳舞的酷爱。而且夏日的江滨的夜景更有一番情趣，他也就更有一份兴趣。

而对敏敏呢，像她这样一个活泼爱动、少于羞怯的女孩，她喜欢到世界上美丽的地方去观光旅游。在她的眼中，世界是一个五彩缤纷的万花筒。

江滨的夜晚，对人们具有无穷的魅力，尽管有很多人偏爱泰山的岚霭、黄山的云雾、西湖的绿荷、香山的红叶……但是憩息在幽静的岸畔，凉爽的轻风一丝一丝地吹来，烈暑的燠热一丝一丝地消去，柔和的细声轻轻地传入耳朵，湿润的潮气慢慢地飘入心房……多么令人舒畅哟！

明明和敏敏在预约的地点会了面，两人把自行车放好后，踏着苍茫的夜色，浴着皎洁的月光，肩并肩地向前走去，步子轻轻的、齐齐的，在他们背后拖下两个大约等高的长长的影子……

走过大桥几百米，便到那座江中的小岛屿了。

说是岛屿，实际是一个小公园，地面的小径是用青石铺砌的,树木蓊蓊郁郁,草叶葱葱茏茏。走在那里,听蟋蟀的叫声,却没有喧嚣的聒耳,心像在无边的海洋中漫游,但不像在沉闷的书海中挣扎。明明和敏敏在高中三年里都是同班同学,高中毕业后由于升学的缘故,彼此遥隔于两地。此时相聚,是暑假彼此回到福州的第一次见面。彼此曾经在信中都说:大学的学习功课繁重。而此时,彼此的心像一片白云在空中轻飘着。

这座岛屿上是没有路灯的,也没有其他的什么灯光设备,但不是黑乎乎的伸手不见五指的一片。江边两岸的灯光透过江面的薄薄的雾气照过来,这儿恍若也弥漫着一层淡淡的雾。但最令人清楚地分辨出来的光,是那洁白的月光。树叶、草叶在它的映照下,像在乳白色的椰子汁中浸润过一般。水气在树叶、草叶的叶脉的皱纹中凝成了一滴滴圆圆的露珠,在月光下晶莹地闪动着。整个岛屿是美丽的一片。

偶或会看到几只流萤闪着一线线的明亮的光在眼前飘过,或在脑勺后飞过,然而却倏地钻入草丛中去了。敏敏要是看到一只,她会惊奇地喊:"看,那儿有一只! 那儿有一只! "

"嗯——我要……"她又在撒着娇。

"那有什么好玩的? 小孩子玩的东西呢! "明明笑着劝慰。

"你看那月亮,月光皎洁,嫦娥在月宫中随歌跳舞,玉兔在嫦娥的双腿上跳来跳去,那不好看吗? "他又指着天上近圆的月亮说。

明明和敏敏边走边聊。两双脚的步伐是轻盈的,整齐的。他们把身心融于浓浓的月光中,如痴如醉地听着江中如奏《鸾凤曲》的幽咽。这声音,不像深林涧泉的叮叮咚咚,不像高山

流瀑布的哗哗啦啦，不像黄河涛水的啪啪呼呼，却像蚕蛹咬啮桑叶的沙沙沙沙，像美人吹奏箫歌的悠悠悠悠。人在江滨慢慢地走着，鱼在水中轻轻地游着，月在空中皎皎地照着。人、鱼、月，似乎在宁谧的环境中享受着这美丽的夜景的无边的清福，没有烦扰，没有喧嚣，没有懊恼，没有苦闷。

俩人一会儿聊故事，一会儿说政治，一会儿讲理想。什么夸父逐日、指鹿为马、姜公钓鱼、姜原生稷……话在口中滔滔地流出，像江中源源不断的流水，后浪推着前浪，前浪推着更前的。对政治，那是极感兴趣的话题了。祖国的繁荣昌盛在 20 世纪 90 年代大学生的心海中镂刻下了令人自豪的进步。人间世事的纷纭如同人生命运的蹇与顺，编织着世纪的经纬，凹凹凸凸，坑坑不平。但是，世纪的翅膀飞向 2000 年的时候，香港、澳门的"小龙"会腾跃在世纪之交的晴空，唱着"起来！不愿做奴隶的人们……"的洪亮的歌声。月光投下他们俩的身影，他们在谈论国内和国际的其实已不新的新闻。坐在那长椅上喋喋地议论着的人们，是否也在评说着历史和未来？或许是吧。

月亮总是像美人儿的脸，悬挂在浩瀚无穷的银河中。银河中自在地旋转着恒星、行星、彗星、人造卫星……由于月光的笼罩，远处的高楼的轮廓能略辨得出个依稀，岸边的树的虬枝、直枝、树干也能近似清晰地看见。而那五颜六色的闪闪烁烁的灯，即使眼睛蒙上手绢也是能看到的。

大概因为在江滨冬天的风会吹得更加凛冽，所以人们是不太愿意在冬天的夜晚来江边的。然而，夏日的江边，那就大大不一样了。带着湿气的风吹着使人们忘却了夏日的闷热，觉得有逍遥自在的惬意。春季的东风固然暄煦，"吹面不寒杨柳风"，但与现在江上吹来的凉风也有不能相媲美的地方。夏天的风是不用花钱的"空调"。

怎么说好呢，灯红酒绿的宾馆的夜有醇甜的香槟酒，富丽堂皇的酒吧的夜有可口的咖啡，金碧辉煌的餐馆的夜有香腻的烤鸭，而江滨的夜是没有这些的。然而，明的月，绿的树，青的草，红的灯，柔的风，幽的声，凉的水……这些景物构成了美丽无比的夜景，在宾馆、酒吧、餐馆中是欣赏不到的。

在这江滨的休憩中，皎洁而柔和的月光如烟如雾般地朦朦胧胧地笼罩着，为人们增添了如诗情画意般的兴致。也许江滨有同样的灯影，同样的树，同样的草，同样的流萤，也能听见同样的百籁的声音，但倘若没有空中的月光的衬托，或许呈现的就是黑暗的一片。那就令人感到好像是缺少了什么似的。"燕山月似钩"，燕山上空的月勾起了诗人的感思；"海上生明月"，海上的明月使诗人产生了"天涯共此时"的怀远；"举杯邀明月"，李白叹曰，"对影成三人。"今夜的月亮，没有塞外之夜的阴森，没有海上之夜的壮丽，也没有举杯之夜的悲愁，然而却有"掬水月在手"的迷人的景致。

江滨的夜景在月光的融合下多么令人陶醉啊！

明明和敏敏欣赏着夜景，叙谈着生活，年轻的心似乎成双地飞向了充满美好憧憬的未来。

……

江滨、柔水、月光，是一幅锦绣的夜景画了。

纸鸢情调

"草长莺飞二月天，拂堤杨柳醉春烟。儿童散学归来早，忙趁东风放纸鸢。"这首诗我至今还背得滚瓜烂熟。从中可以想到童心未泯的孩子的天真、活泼，放风筝对他们来说是一件有乐趣的事。

然而，放风筝，不但有黄童，也有白叟，当然还有年轻的绿女。

放风筝，畅快，轻松，自由，心境宁静，胸襟宽阔，是人生的一种高雅的享受，更是一种人民生活水平提高的体现，是人们高尚的精神风貌的表露，也是社会主义精神文明建设发展的例证。

试想，假如战争惨绝人寰，遍地弹痕炮坑、断垣残瓦，满目荒芜；假如人民流离失所，瘟疫流行，灾祸丛生；假如像资本主义社会一样尔虞我诈、弱肉强食；假如经济危机，生活每况愈下，民不聊生，衣不蔽体，谁还能心安理得地牵着风筝在天空下怡然自得？

在我的心坎中，我深刻地体会到了人们放风筝的情调：不是排遣消愁，虚度年华，而是充实人生，创造高尚的美好生活。

漫步在天安门广场，或者单就漫步在北航的操场上，翘首仰望空中，一只只风筝像真正具有生命似的活灵活现地在充满轻烟薄雾的天空的帷幔中跳跃。随着微风徐徐吹来，它们在摇晃着，摇晃着轻飘的身体，似乎在笑盈盈地歌唱着美丽幸福的人生。它们慢慢地上升，欲"上九天揽月"，欲飞向空间站。

　　风筝有各种各样的。五彩斑斓，奇形怪状，会令人目不暇接，眼花缭乱。样子有蜈蚣、蝴蝶、鸽子、龙、凤凰等，颜色有白、红、蓝、白夹红、蓝夹绿等；长度有小至10厘米左右，大至2米多，甚至更长的。曾经看到报纸上登了一张特别引人注目的风筝的相片。那风筝是龙，小巧玲珑，像精雕细刻的精致的工艺品一样，尾巴拖得很长很长，长度几乎无法估计。这个"角似鹿、头似驼、眼似兔、项似蛇、腹似蜃、鳞似鱼、爪似鹰、掌似虎、耳似牛"的东西飞在国庆节天安门广场的上空，增添了洋洋的喜气。

　　人们放着风筝，风筝在辽远的天空中自由地跳荡，人们的心也仿佛在辽阔的大地上自由地跳动，胸襟也仿佛开阔得足以填下千山和万壑。看电视，可以开阔眼界，增长见识，但久坐不动，眼睛会造成近视，也易养成慵懒的习惯；旅游名胜，可以饱览祖国锦绣的河山，增添炽热的爱国热情，也可以活动身体，但要花耗很多的精力、财力；而放风筝，在宽阔的广场上奔跑，可以活动筋骨，锻炼身体。和朋友在双休日、节假日或学习工作之余边聊边放，既能增强深厚的友情，又能陶冶高雅的情操。不亦乐乎？而且风筝不会很贵，放风筝的时间也能自由掌握。

　　放风筝，对年轻人来说是一件多么浪漫的事啊！如果朋友

要我一起去放风筝，我会欣然前往的。

记得高考结束的时候，有一次到姑姑家去玩。中午，表弟拿出一只用红蓝色染过的很漂亮的风筝，神采奕奕地递到我面前。

"表哥，我们今天下午去放风筝，怎么样？"他眉飞色舞地问道。

"行，傍晚的时候！"我也高兴无比。

傍晚，七月的天气云淡风轻。金黄的夕阳为大地披上了一件金黄的轻纱柔幔，绿树青草白楼显得格外妩媚；远处天边的一层红灿灿的云霞，重重叠叠，格外瑰丽多彩；风闲静朗朗，吹着人的皮肤感觉到像听和韵的笛音和袅娜的笙歌。

我们在那幢楼下拣了一块较宽广的地面，兴致勃勃地开始"工作"了。首先把风筝展开，把小竹条一根根地小心翼翼地系好，生怕不是把小竹条系断就是把风筝给刺破。竹条支撑得要牢，线系得要紧，经过安装、检查的"工序"后，那就是"开动机器正式加工"的步骤了。

把风筝拿在手上用劲地向空中抛去，不行，风吹过时，飘荡了几下，无风了，又掉在地上。经过一次又一次的试验，大约是"一次失败就向成功迈进一步"的道理吧，怎么放会飞，怎么放不会飞，经验慢慢地丰富起来了。

看到风筝能在空中飘了，我们的脸上荡起了微笑的涟漪。旁边站着两个小女孩，在看着出神，大概很羡慕吧。

风筝高过那幢巍巍的大厦的希望在脑子中产生，我们放长了线，绕线的小轮子在手中绕着轴吱吱地旋转着。可是，风筝像桀骜不驯的烈马，它偏偏不是近似垂直地上升，而是斜向后上升。一阵风吹过，倏地，风筝掉在那棵槐树上了。

使劲地拉下来，坏了。

可是我们坦然面对，没有一点气恼，没有一句牢骚。"明天再去买一个更漂亮的。"我们几乎异口同声地说道。

抬头看看，天上的云霞依然是红灿灿的；低首瞧瞧，地面的小草依然是翠绿的；相视笑笑，彼此依然是乐哈哈的。

还记得有一次是在大学校园内，与几个同学带着一只风筝到北航操场上去放。这只风筝是用布做成的，白、红、黑颜色的条纹相嵌，显着格外漂亮。要是谁见到它，准会一下子喜欢上它。

我们时而摇着线，看风筝慢慢地上升，像一只展翅翱翔的老鹰；时而追逐着，奔跑着，听自己欢笑的声音，听树上云雀鸣叫的声音，看同学跑步的矫健的身姿，看同学踢足球的精彩的射门。空中的微风在抚摸着脸颊，轻轻的；泥土的湿气在沁润着心脾，爽爽的；小鸟的叫声在愉悦着耳朵，悠悠的。

风筝在弹奏着浪漫的时光的乐曲，我们如痴如醉地沉浸在这如月光般柔和的乐曲中，胜似品尝一滴滴清醇的陈酒了。

风筝，情调。

情调，风筝。

我仿佛看到越来越多的人在改革开放大潮中唱着生活水平提高的凯歌，放着满天繁密的风筝，在绘着一张一张的画卷：纸莺情调。

秋　韵

秋风起，双眸凝，叶凋零，
慵整发际闲倚情。
弄吉他，一两声，
涌起思绪万千种。

——题记

秋的韵，秋的情……

一丝柳叶坠落，秋意扑面而来。轻撩吉他琴弦，《爱的罗斯》像仙女般袅袅娜娜而来。倚靠在那青春的弓弦上，谛听那柔和的奏曲，你是否听到了秋天的跫跫的足音……

凉的风，蓝的天，皎的月哟……

坐在学校的图书馆里，手捧着一本诗集《魂梦与君》，静倚窗牖，闻吸窗外的花的馨香，倾听那喷泉的涛声，思绪万千。这，在胸怀中荡漾着的不正是秋的浓浓的韵吗？

我醺醉在这诗情的浓烈和秋味的清醇中了。

秋是硕果累累的季节。远处传来的 1996 级新生军训的口号撼人心魄。我的心里绵绵不断地涌起一股股情怀。两年前的一张入学通知书，几番欣喜。入学不久，就情不自禁地开始慨叹现实与梦幻的差别。然而时光飞逝，好歹已经过了两年。现在这些新学子，跃过了"黑的岁月"，背上行囊，怀着新的憧憬，向新的旅途出发。他们是否已经感到了北京的凉爽？

秋是绵绵思乡的季节。"红笺小字，说尽平生意"，言短情长，包蕴无限情事，悠悠思乡情，难舍难了。大一新生乡情盈盈，思最切，每当灯意阑珊之时，白纸上淋漓倾诉肺腑。给父母、给朋友，幽思泉涌，似乎写不尽，诉不竭。一学期下来，细细数一下床头的一摞摞信，竟达百封多。

"亲爱的爸爸妈妈：你们好吗？"李春波的《一封家书》，情真真，意切切，激起了在外的游子想念故乡的心，使我思绪澎湃。大二时想家的感情已经不像大一的时候那么浓郁了，但还是难断思乡情丝。

前几天的一个晚上，收到了一封弟弟从福州寄来的信。信上写着：

亲爱的哥哥：

你好吗？

你说大学学习很忙，或许当这封信飞到你的眼前时，你正在做作业呢！

开学了，爸妈今天送我来学校，下午刚走。我现在坐在床上，想念着爸妈，也想念着你。我的鼻子酸溜溜的。

哥，你还记得前年秋天我们一起放风筝的事吗？那只又大又漂亮的风筝现还好好地保存在家里。我多么想和你牵着风筝，在蓝天下奔跑……

哥，你今年暑假不回来，一家人很惦念你，爸妈和我天

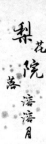

天谈到你。那天中秋赏月的时候，举杯欢笑少一人啊！那人就是你。

哥哥，在北京，秋天冷了吗？你要多穿点衣服。在福州，还不感到冷。

真盼望你早点回来，我们一起快快乐乐地玩。Bye。

弟：阿华

1996 年 9 月 2 日

看罢凝思，意绪翻滚如潮。忆往昔，岁月缤纷如歌，日子斑斓如锦；思今宵，萧叶飘零悄坠，人方各在天涯……

那晚，月光如水，水如天。

中秋哦……

中秋佳节，古往今来，多少文人墨客，咏诗赋情，抒发远别怀思。

还有重阳节哦……

"遍插朱萸少一人。"

"又是九月九，愁更愁，情更悠，思乡的人儿漂流在外头……"耳边似乎传来了陈少华《九月九的酒》的歌声。为什么，为什么腹腔中塞满的都是想家的寂寥的情丝？听一首柔曲轻歌，还有比这更令人激荡心扉的吗？

秋是容易感伤的季节。

秋的吹风，萧萧瑟瑟；秋的旅思，*丝丝缱绻*；秋的乡魂，黯然神伤。

浪漫的人呀浪漫的心，走四方，路迢迢……

衣衫褴褛的游子呀，一世浪迹天涯的江湖，一世浪迹天涯，一生漂泊不定……

远行的人呀，"风萧萧兮易水寒"……

分别的人呀，"执手相看泪眼，无语处兰舟催发"……

秋又是多姿多味的季节。壮志难酬兮秋风凄怆；离别远行兮，秋情脉脉；金榜题名兮，秋意酣甜；友人团聚兮，秋歌醉人……

秋又是游山玩水的季节。秋游，让人逃躲凡俗尘世的喧嚣，让人找到闲情逸致的情趣。我喜欢在自然美、人工美、艺术美的画卷中徜徉，感受着自然的永恒的妩媚。在鸟鸣清新盈耳的森林中寻觅着荫翳的幽静；在水声淙淙的小溪里吸吮着泓泉的芳醇。哟……

充满好奇心的我，最高兴的是游逛北京的名胜古迹了。遇到双休日、五四青年节、国庆节、元旦，登长城，爬香山，转故宫……这是不足为奇的。在绿草红花中穿梭既长见识又宽胸襟。记得大一刚到北京时，头一个月就去过颐和园，去过动物园，去过天安门五次……

秋又是辛勤耕耘的季节。秋天的逝去，来临的是白雪皑皑的寒冬；寒冬过后，换来的是草木浓绿的春天。地球旋转，昼夜轮替，反反复复。可是时光无声匆匆流逝，时间一去，不再返回。于是，每个人在人生的道路上辛勤地耕耘着……

大四的同学面临着毕业的问题，有的"找婆家"，奔向工作岗位；有的考研，升学深造；也有的出国，留学研修。但不管如何，在秋天的美好时光中，一堆堆毕设参考资料，一本本考研指导书，一摞摞 TOEFL、GRE 考卷，嚼得烂，背得熟……

大三的同学默默地驾着生命的帆船前行。没过英语四级的同学，扼腕喟叹丢掉了好时机，但不忘重聚力量再次冲刺；通

过的同学也没有沾沾自喜的资格，六级通过，才是欣慰的期望。自己是后者中的一员，每天书包中不可少三本书——《英语四级、六级听力理解》《英语六级阅读理解指导与实践》《大学英语词汇星火式巧记速记》。

大二的同学有着忙不完的作业，做不完的实验……

大一的同学正在接受着想家的感情的折磨和要适应大学生活的考验……

秋天，就是这样，如萤虫辉光，飘忽恍惚；就是这样，如名著佳作，深奥隽秀。

秋天哟……

秋的景色是金灿灿的。秋天，有粉黄的紫丁花；秋天，有艳红的玫瑰花；秋天，有雪白的菊花。……

秋的夜，星月皎洁，银河在天；秋的草原，绮丽广袤，天阔云高；秋的长江，流水缓缓，波浪如带；秋的群雁向南飞……

秋的枫叶是红彤彤的。在繁繁密密的绿叶间火红的一片是云霞吗？不，那是枫叶在闪耀着丝丝的红光。

香山红叶，层林尽染，那不是自然天成的韵致吗？

秋的雨丝是迷蒙蒙的。它最会拨起思绪的绸缪。江南，是多雨的江南。回思处，福州的秋季的淅淅沥沥的雨声，似乎还在耳畔来回萦绕。童年的我，喜欢在小雨中追逐；少年的我，喜欢在小雨中漫步……北京，地处北方，干燥少雨。但1996年常常雨声沙沙，使我有着回到故乡的感觉。

秋天，是一座扑朔迷离的龙晶宫；秋天，是一颗爽味永嚼不尽的橄榄；秋天，是一部永念不完的经书……

林径独徘徊，一丝清风拂过，已感觉到了秋的凉意了。

秋的魂，秋的梦，不经意处，目光又驻留在《魂梦与君》

诗集上。也馈赠一语："魂梦与君"吧！

秋的韵，馥郁清怡……

留住生活的浪花

生活的酒杯斟满了玉露琼浆。那是花气氤氲的公园？那是浪花咆哮的大海？那是颜色绛紫的花瓣？那是韵律铿锵的乐曲？

是的，生活是公园，是大海，是花瓣，是乐曲。

然而，生活是一朵浪花吗？也是。它是一朵细细的浪花，在河流中冒着泡沫，嬉戏着云影，欢腾着，日夜不息地奔流着……

时间如水，岁月匆匆，人们常常如是喟叹。

每天在闹钟声中倏忽地爬起床，开始了一天的学习、工作，也意味着新一天的忙碌开始了。

当子夜临至的时候，拖着疲惫不堪的身体，躺卧在床上，回思一下今天的生活：今天到底是怎么度过的，今天到底干了些什么事？也许什么事都没干，然而一天结束了。

一天重复着一天，一个月接着一个月，一年循环着一年……

生活的浪花是源源不断的吗？

生活的浪花犹如通向成功的准绳。当你紧紧地抓住了，也许会使你心中美好的憧憬，美丽的期望变为现实。有的人想出国留学，不仅仅是学习外国的先进经验，回国做贡献，更是梦想回来时能腰缠万贯。可是，如若到美国，必须先考TOEFL 与 GRE，而想得个 650 分以上的 TOEFL 与 2100 分以上的 GRE 又谈何容易呢？还有的人想等毕业以后当上总经理，当上科学家等。有的人准备考研，有的人甚至还梦想当一个电影明星、歌星。梦想是美妙的，总会令人心驰神往的，但通向成功的道路往往荆棘丛生，艳丽的玫瑰花却是带刺的。要把心中的夙愿变为现实，抓住目标，才不至于在茫茫的大海上迷失方向。再把辛勤的汗水作为前进的动力，难道还有"蜀道之难，难于上青天"的事吗？生活的浪花就这样像一艘帆船，载着你，在岁月的长河中流淌，漂近成功的彼岸。

生活的浪花如奔腾的河水，波澜起伏，跌宕多姿。也许你会为学习成绩的不理想，或者考试的不及格而灰心失意。进了大学，有时会感到成绩不满意，可以考得更好，为什么只得了这个分数？在大学之前，从小学到高中，自己一般说是班上的"小明星"（一个同学在高中毕业留念本上赠我此名），不是当班长就是当团支书；学习成绩嘛，即使不是冠军，也属于亚军或者季军，六十几分几乎还没考过。但进了大学就不能以此心态而得意扬扬。即使有不理想的历史，也要相信：成功值得青睐，失败也是一笔不可多得的财富，也值得珍藏。有了酸甜苦辣，才有了多滋多味；有了泪水的痛楚，才有了笑声的喜悦。风雨与阳光交织的生活，不就是绚丽多彩、灿烂缤纷的人生？

留住生活的浪花，记下那动人心弦的一幕，那难以忘怀的一刻，为生活留下美好的回忆，谁能道生活枯燥、无聊？生日

114

之时，买个蛋糕，点上蜡烛，自己不妨动手做几道菜庆祝庆祝，或者把朋友、同学邀至某餐厅，举杯共饮，也不失为幸福的时刻。中秋晚会，令人开心；爬山划船，乐趣无穷。翻开那一本本厚厚的相册，色彩斑斓的生活如红橙黄绿蓝靛紫的七色彩虹，一幕幕显现在眼前。我喜欢在睡前几分钟翻翻相册，让微笑与甜蜜伴随进入梦乡，这梦会做得更加温馨。那"回眸一笑百媚生"的表演留在相片中自己看过至今仍觉得有点害臊，那次中秋晚会主持节目时西装配领带还不错。那张相片中手握钢枪、身穿绿装，昂首挺立的自己，站在怀柔县山清水秀的风景环抱着的射击场上，显得威严峻拔，豪气十足，觉得自己也真不愧为一个具有军人风度的小伙子。在生命中有了当兵的日子，真令人骄傲与自豪。当同学、朋友看完相册，啧啧地赞叹"阿官多帅""真是个小帅哥"时，我报以微笑，俊然帅气的男孩子应该是比较讨女孩子喜欢的吧。

生活的浪花如风，如梦，带给你欢乐，带给你伤心。

生活的浪花像红花，像绿叶，富含诗情，惹人喜爱。

一滴滴浪花织成了一个个梦，似黄碟翩翩趵趵，飞向远方……

哦，生活的浪花……

人生书缘

　　我知道，在漫漫的人生路上，我无论漂泊在哪里，你将和我同行。

——题记

　　缘，是蓝天，是白云，编织着天空的彩锦。绮丽。斑斓。

　　缘，是斑马，是绿草，构筑着草原的景色。清丽。旖旎。

　　而书缘，允诺人生的高尚，丰盈人们的智慧，充实精神的罅缝，人们不能缺少它。

　　从古至今，每一个蜚声文坛的诗人、文豪大师、作家，有哪一个能说不是通今博古的？即使真有所谓的"天才"，大约也是概莫能外了。书，为无知的幼儿灌注营养的乳汁，为在黑暗中彷徨的政治家点燃社会前进的曙光，为凝神覃思的科学家提供"巨人的肩膀"。"书是人类进步的阶梯"，高尔基于是向人类喊出了一条颠扑不破的真理。

　　而今的社会，知识和信息相当于几万吨 TNT 威力的原子弹，在爆炸着。1997 年香港回归，1999 年澳门回归，新世纪的光弹将射向高空，划下科学和技术更加耀目的光辉！

　　面对浩瀚的书海，我战战兢兢。当今时代知识爆炸，书籍汗牛充栋，要是能读完一小部分，我想，那就心满意足了。因为光阴易逝，因为生命有限。

三毛很小的时候，几乎通读了市面上所有的中外名著，不能不引起我由衷的钦佩；臧克家在换齿的时候就能背诵许多唐诗宋词，虽那时无法深刻地理解，却能摇头晃脑随口而出。我到了长大的时候，心中真有一种羡慕的感觉。当老师布置作文时，倘若欲写无物，那这种感觉会在胸腔中像蒸腾的沸气般，更浓郁，更强烈。还常常怀着自卑的心理："我要是像三毛、臧克家一样多读些书，说不定我现在是一个中国的泰戈尔，是一个中国的高尔基。"望着笔下干瘪、苍白的语言，连自己都昏昏欲睡。偶尔一篇"佳作"，被老师当成范文在班上朗读，或者哪一篇征文获了奖，便喜上眉梢，便有点沾沾自喜了，感到有点像六月里喝了雪水一样惬意。

的确，在我孩提之时，在我的记忆中，我没读过多少文学之类的书籍，至于小说那更不可言了。那是"流毒的源泉，怪诞的罪魁，慵懒的祸首"，老师、家长似乎向我们孩子浇注这样的思想。虽然实际上他们没有这样的描述，但他们教育孩子的语言总会或多或少地扼制了一些孩子们好奇求知的欲望。当然，咒骂、责怪他们是没有理由的，因为他们"爱子成龙，爱女成凤"嘛，他们的主要意思是要让孩子们集中一切精力，"好好学习，天天向上"，将来考名牌大学。"可怜天下父母心"，是的，也许真的天天与"金庸""古龙"一起睡觉，与"三毛""琼瑶"一起上课，说不定甚至也会来个《逃学记》。到现在想一想，老师、家长的做法，其实是无可厚非的。

但是，记得自己小时候非常喜欢看小人书。《西游记》二十几本连环画、《水浒传》《岳飞直捣黄龙府》……图文并茂，人物形象跃然纸上，趣味如醴酪清醇，把我一颗孩童的心引入变幻无穷的知识迷宫，进行着一次次畅快淋漓的神游。当时我的叔叔在中学里读书，比我大，比我懂得知识多，看到我喜欢小人书，常常给我买。记得有一次他一下子给我买了十几本，大足了我心意，大饱了我福眼。我如获至宝，感激之情，自然难于言表。但当时是不知道有什么感谢方式的，只懂得抱着一本又一本，看啊看啊，像沐浴在温暖的阳光中，如饥似渴地吮吸着清爽的甘露。这些连环画，至现在还保留在家中的书箱中，每每寒假、暑假回家，偶或打开书箱，可以看到它们像新的一样，无虫蠹，无蚁咬。

在初二。有一次，班上的一个学生从家中带来了一本小人书，我毫不犹豫地借来看。什么名字记不清了，但可以肯定那是一本饶有趣味，令我心醉神迷的武打连环画。那天晚上自习的时候，我按捺不住欣赏连环画里的"武术绝招"的欲望，开始放在裤腿上，埋头偷偷地看了起来，至于老师的"课内、自习时不能看小说、杂志、报纸"等的禁令，似乎从一只耳朵进去，已从另一只耳朵出去了。然而，没有觉察到，班主任已经在窗外窥视了好久。他冲了进来，把一只手放在我面前。我哑然无语，我这个一向对老师忠诚、尊敬的人还能做什么呢？

课外，他把我叫到他的宿舍，把书还给了我，并以和蔼的语气说："作为班长，要带头给大家做好的榜样。"

"是，老师。"我自己感到羞愧，没有别的话了，只低头小声地应了一下。

或许是学习比较好的缘故，老师对我格外关心。等到升学与老师分别的时候，方才真正地领悟了师生的沉甸甸的恩情：

这也是老师对同学的关心啊！他就是教英语的刘国英老师——我永远感激和崇敬的恩师！

不过在初中，我还是接触了不少小说：《碧血剑》《十粒金丹》《牡丹亭》……

人生，与书结缘，那是一种幸福，一种快乐。书，是文明的智慧的矿藏，是人生的烦恼的消除剂。"书中自有黄金屋，书中自有颜如玉"，人们把书缘比作扬帆起航的一叶扁舟，漫步书海，它会激起阵阵涟漪；把它比作放飞蓝天的风筝，穿越人们，它会联结缕缕情丝。要是谁的人生没有书缘，他只能成为印度狼孩；要是谁的人生没有书缘，他是一个终身失明的瞎子；要是谁的人生没有书缘，他是……

我不敢想象，也无法想象。我知道，自己至少不是那样的人。

随着年龄的长大，书缘好似成了我朝夕共处的伴侣。我养成了一种爱好和习惯：逛书店、买书。

对于养成这种爱好和习惯，我想影响最大的莫过于高中教我三年语文的语文老师—齐宗金老师。齐宗金老师学识广博，风度翩翩，五十多岁却不失青年人般的朝气、敏锐。他编过和写过许多作文辅导书、语文学习辅导书；也曾有论文在全国获奖，是某报刊的特邀记者。他讲课有趣新鲜，栩栩如生，给我们讲过苏联的普希金、屠格涅夫，法国的雨果、罗曼·罗兰，埃及的金字塔，日本的富士山，南极圈的企鹅，北极圈的龙须鲸……

他经常教导我们："对自己祖国的语言，要好好地学，要秉一颗火热的心去研究。"

"你们知道吗？那篇优美隽永，具有浓厚乡土气息的散文《故乡的榕树》的作者黄河浪，曾经是我们这福州高级中学的语文老师。他后搬到香港去，我对他是很熟悉的。福州的别称是榕，他写的就是我们福州的榕树。"说着，他指着窗外一棵——树叶葱绿欲滴，须髯虬盘杂结，树冠藏蓊如伞的榕树。

与书结缘，以书为友，与书共生的观念在我的脑海中慢慢地滋长着。加上我这人天生的好动好学，似乎可以说，三日可没有菜饭，却不可没有书啊！

于是，一到星期六、星期日，我常常情不自禁地骑着自行车，浮光掠影，走马观花似的逛书店，把逛书店也当成了一种享受，一看到书店，不进去是不罢休的。

然而书价一年比一年高。有时翻着一本书，爱不释手，很想买，可一看书价，令人咋舌，只好忍痛地放回原位。

但书总是要买的，我便把父母给的零花钱积攒起来，尽力控制歌星照、影星照的诱惑和吸引，少去买《大众周刊》《电影之友》之类的杂志，也适当减少一些《故事会》的开支。这样，书架上的书越来越多了：《人生妙语》《诺贝尔文学获得者妙语集》《梦回青河》《太平广记》《孙子兵法》《三十六计》……

说也奇怪，书能把人们引入神奇的境界，如佛涅槃升天；书能吸引人，像十里飘香的桂花；能吸引无数黄蜂、彩蝶的光临。也在高中，有一天，同学借给我一本小说《便衣警察》，我知道这本书早就拍成了电视剧，初中音乐老师还给我们教过它的主题歌插曲——《少年壮志不言愁》。"几度风雨，几度春秋……"我还能唱出来，可是还没看过这本书。放学一到家，脱下鞋，扔下书包，锁起门，翻开书，我开始拳打脚踢般地沉浸在那扑朔迷离的故事情节中，好想也来个马步冲拳，给偷越国境的特务迎头一击！

　　照例说，我睡的那间位于三层的单人房，到午夜十二点该准时熄灯，否则奶奶便三更半夜爬起，在二层喊着："开植，睡吧，睡吧，早点睡，明天再学。"可是，《便衣警察》对我的吸引力比地球对太阳的天体引力还大！为了免去"可怜"的老人家的关心的麻烦，看到十二点，我拉灭了电灯，点亮了蜡烛。皎洁的月光穿过百叶窗的间隙照进来，阒静的房间里烛光摇曳。我的心好似在风景秀丽的书宛中醉游。一直看到第二天凌晨三点，窗外微微出现了几丝熹光，才合眼睡觉。我想：七点就得起床了，上课时眼皮准打架，但第二天若没课，一定来个通宵达旦！

　　高三一年，有会考，也有高考。暂别了，亲爱的文学，亲爱的书！

　　到了大学，与书又有缘了。

　　1994 年 9 月 2 日，到北京报到，接待新生的专车把我从北京站送到了北京航空航天大学的图书馆门前。北航七系的迎接人员忙着为我搬行李，办手续，我环顾四周，绿草成茵，喷泉吐雾，花团锦簇，"图书馆"三个金字在赫赫秋日的照耀下闪闪发光。面对这座壮丽巍然的六层图书馆，我激动不已，我想：自己可以无拘无束地飞翔在科学的摇篮、知识的殿堂中了。书缘，这就是书缘啊！

　　正如自己在《北航党校学员考核登记表》个人小结中所写的：

　　　走过风，走过雨，跨过黑色的七月，跃过人生隘口的横竿，我终于踏入了科学的圣殿，躺进了知识的摇篮，潜入了书本的海洋。

在北航，我能像仰头摇鬣鸣啾的野马，撒蹄奔驰于书的原野；我能像嗡嗡翩翩飞舞的黄蜂，采蜜于知识的百花园；我能像俊勇的雄鹰，凌空翱翔于书的蓝天……

……

我要在祖国的温暖的怀抱中，在书本的空旷的原野上，纵横捭阖，驰骋理想的车轮，展示青春年少、风华正茂、朝气蓬勃的年轻活力，为以后投身到改革开放的洪流狂澜中去，投身到建立社会主义大厦的时代潮流中去，做好全面的准备！

……

青春的风采在哪里？

"挥斥方遒，指点江山，激扬文字。"

"数风流人物，还看今朝！"

书。

孔子走路——尽背书。

我想背着书包，在人生的道路上前进！

我上路了，背的是书的行囊，面对的是一片明净的晴空……

我的挚爱的奶奶

奶奶是慈蔼、善朴、亲切的。

沉浸在奶奶的善意涔涔的笑声中，沐浴在奶奶的温馨丝丝的关怀里，我度过了一个欢乐的童年。蓦然回眸，凝望那段走过的人生道路，在那一串串坑坑洼洼、歪歪斜斜的足迹中，洒满了自己奋斗长大的汗水，也盈满了奶奶哺育我长大的一滴滴沉甸甸的汗水。

重温童年的岁月，一串记忆的铃声在耳边铿铿响起……

只是一个躺在襁褓中的婴儿时，当然不会对自己的印象留下记忆的痕迹。但后来爸妈曾经不止一次地告诉我说，那时的我爱哭爱闹，一会儿笑，一会又哭个不停，奶奶只得一整天把我放在摇篮里，或者抱在怀中，认真地抚慰着一个幼稚的生命。

在五六岁之时，我似乎比别的几个孩子更加聪慧，所以爸妈更疼爱我，奶奶当然也更疼爱我，她把我当作心肝宝贝。那时我虽还未入学，可是别人教我认字、做算术，我似乎能很快地理解、接受。有一件与奶奶有关的趣事铭刻在记忆中，无论何时想起都会令自己发笑。那时我几乎能把一个小村的人的名字全写出来，于是亲朋好友到家做客常常夸奖我聪明，并考一考我一些小问题。有一次，一个表姑叫我把奶奶的名字写出来，

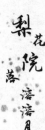

奶奶的名字是黄大娘，"娘"字在家乡话中音与"牛"相同，于是我不假思索地写下"黄大牛"。她与周围的人笑得前仰后合，我作为一个小孩，不知窘迫是什么样的，但近于无知的心还清楚地懂得"牛"是动物的名称，那么把奶奶的名字错写成"大牛"，却也感到侮辱了奶奶。然而至今想，从某种意义上说，奶奶与牛有些相似之处。牛，"吃进去的是草，挤出来的是奶"，默默地为人类耕田，任劳任怨，驯服善良；而奶奶，在凄风苦雨的光阴中长大，为了儿女，为了家庭，她不怨天尤人，而是含辛茹苦地干活，"日出而作，日没而息"。她生了我爸爸，才有今天的我，不知为何，我曾想，要是奶奶没生爸爸，那现在世界上哪有自己？想到这点，不禁打了个寒颤。但是，或许这是想念奶奶的一种方式吧。

上学之前对奶奶的印象是模糊的，像闪烁着的星星点点。真正使自己在记忆中磨灭不去的，乃是上学以后的光阴。

我六岁时上学，从小学一年级到三年级上学期是在家附近的小学读。爸妈常常忙碌他们的活计，对于做家务和照顾孩子的任务，自然而然奶奶要承担起相当大一部分了。可是奶奶并没有任何抱怨。家中的事务有了奶奶的管理，有条不紊地进行；家中的房间有了奶奶的打扫、收拾，舒适、洁净，什物杂乱不堪、家具灰黑脏污是看不到的。而对我来说，最欢喜的莫过于每天放学回去一放下书包就有香喷喷的饭可吃。对一个孩子，似乎只懂得肚子挨饿的"痛苦"，什么悲天悯人的凄凄惨惨，在童心中是找不到的。记得有一次放学回家，掀开锅盖，空空如也，我哭了，指手顿脚地嚷着要吃，要吃。可不知道奶奶是由于迫不得已的事情才给耽误了。其实看到孩子的哭，奶奶心里也是伤心的。

有了奶奶，我的童年如阳光般温暖灿烂。奶奶给了我执着的关怀，给我了精心的呵护，给我了博大无私的爱。我的一颗童年的心，在奶奶发出的笑声中摇曳，在奶奶给予的幸福中荡漾。可是奶奶自己的童年却是在困难与凄清的煎熬中度过的。

据奶奶自己说，她曾在七岁时就被当成小媳妇送到了爷爷的家中。当时正值战争时期，社会动乱黑暗，老百姓家无宁日。那时还生活在农村中，奶奶被逼天天贪黑赶早地放牛、喂猪、干杂活，又苦又累；在家中还常常受到虐待，语骂尋打，连我爷爷，也许不懂事的缘故，也打骂自己未来的老婆。奶奶就在这样的千疮百痍的环境中长大，一天天地煎熬，一天天地忍受。直到后来爷爷在村公社中有了个小职务，有了一点勉强供养家庭的收入后，奶奶才有了点做主的权力。奶奶经常给我们讲述她的在磨难岁月中度过的一个个令人黯然神伤的故事，她教育我们要珍惜今天来之不易的幸福。我们孩子，此时都抛开了天真的执拗，望着奶奶饱经沧桑而爬满皱纹的脸，默默地聆听着她发自肺腑的一句句话语，仿佛她说的每一个字都变成了铿锵的韵律，撼动着童真的灵悟，仿佛她说的每一次磨难，都化成了万钧的雷霆，鞭策着童心对光明社会的追求，仿佛她说的每一个故事，都积成了涓涓的细流，浇灌着嫩绿的禾苗……

岁月流淌，一倏忽就几载遁去了。随着年龄的增大，眼界的开阔，对人情世故的体味深刻了，对两辈之情的理解也升华了。从小时候的淘气娇嗔变成了长大时的稳健成熟，感受着奶奶无微不至地照顾的缕缕暖意，心里洋溢了无尽的感激之情。我曾想，应在自己的心灵深处刻下一个不灭的誓愿，等到建功立业的那一天，再好好回报奶奶在自己身上所倾注的爱。

　　高中三年是生活在奶奶身边的。耳濡目染的奶奶的关怀，常常令我激动不已。奶奶的关怀，像芬芳的花朵，陶醉我的心扉；像灿烂的阳光，温暖我的日子；像浓密的荫翳，遮挡我生活的烈日酷热；像温热的熨斗，熨平我心灵的忧伤的褶皱。

　　升入高中后，随爷爷、奶奶住到另一个地方去了。那座房子离学校不远。爷爷天天闲得无事干，但他不太愿意干家中那些复杂的琐事，那台彩电是他的最好的伙伴。显然，家的"管理事务"又必须全部包揽给奶奶了。

　　奶奶六十多岁了，但精神矍铄，很多人都说她显得越来越年轻了。但每当看到奶奶那张慈祥的脸庞上镶嵌着的深深的皱纹，我总会感到阵阵的心酸，无情的岁月在奶奶的脸上刻下了一道又一道的皱纹。

　　有了奶奶的照顾，爸妈放下了一万个心，他们说这样我可以在清静的环境中专心地学习了。而奶奶也叫我放心地认真地学习，她说只要我考入名牌大学，她再苦一点也是算不了什么的。

　　她每天准时地准备好丰盛的饭和菜，不会让我耽误上学的时间，也不会轻易地让我放学回家时挨饿。由于早上上学特别早，奶奶就得比我更早地起床煮饭。这对一个老人来说，特别是在冷飕飕的冬天，是不方便而又劳费心神的事。然而，奶奶没有半声埋怨。当东方刚露出鱼肚白之时，她就悄悄地起床。于是，在一座沉寂的楼房里响起了几声盆锅相碰的声音。

　　高中三年，晚上常常学到十二点。躺入被窝时，带的是满身的疲惫和困倦。第二天早晨，时间无声无息在房间里流逝，我安安静静地在酣畅的梦乡里休憩。这时，门外响起了咚咚的叩门声。我睁开眼睛，我知道这是奶奶催我起床的起床曲。我把闹钟闲搁在那儿，我无须闹钟。每当从晨曦中传来音韵优美的敲门声时，我揉揉惺忪的睡眼，望着透过绿色的窗帘射入的几缕灿烂的阳光，意识到新的一天来临了。奶奶似乎是我的新的一天的给予者，我每天的生活节乎从她的叫声开始。

奶奶为了让我有更多的时间准备高考，很少让我帮忙干家务。我虽然不是"饭来张口，衣来伸手"，但奶奶为了我能全力以赴打"高考战"，没让我分散精力。那时放学回家的程序是：放下书包，端起饭碗，放下饭碗，拿起书包。爷爷常常对我说："你有时也该帮助奶奶洗一下碗，或者至少也洗一下自己的衣服，别让自己变成一个书呆子了。"我想了一下，觉得爷爷的话很有道理，可实际行动又是很少的，奶奶毕竟是容忍我的。

奶奶是个爱唠叨的人。"早上要多吃一点""雨衣要带上，万一下雨，淋湿了身体，弄病了那怎么学习""要注意休息，晚上不要学得太晚""多吃点"……奶奶天天重复着这些永远也重复不完的话。她把我看成是个七八岁的小孩。唠唠叨叨着，久而久之，不免使我觉得有点厌烦，但是她习惯了吩咐这吩咐那，不说她心里放心不下。不过，让我感到她有点"迂腐"的还是：办事喜欢这样那样地给我比画指导一番。而我常常以年轻人办事有新的思维方式的理由劝慰，然而，她不满意于年轻人的"骄矜、贪图方便"，总是搬出一句她似乎懂得辩证法的话："做事要老老实实，认认真真"。一句句叮咛吩咐，似乎枯燥无聊，显得多余，然而，透过每句话的分析，就会理解这是她对别人的关心，对别人的关怀。她对自家的孩子如此，对别人家的孩子也如此：一片慈祥的心，一双热情的手。

奶奶对生活是小心谨慎的。她最怕由于生活中的疏忽而给

自己招惹来麻烦与不便，甚至凶祸。在喧嚣的都市，盗窃、抢劫等犯罪传闻几乎接二连三地传播。于是，她常常跟我讲那些新闻：什么地方什么人被劫了，或者什么地方什么人被杀了。乍听，好像也叫人心惊胆寒。她总是告诫我门要关紧，特别是出去，门一定要锁牢。能洞烛察微的她，时时给我指出一些不安全因素，让我防患于未然，说以"千里之堤，溃于蚁穴"的代价是不行的。还不止如此，奶奶常常为我的人身安全问题而顾虑、操心。当时我任团支部书记，放学后，老师常把我们几个班干部留下来开会，或者有时路上与同学聊天，会比平常迟了点回去。这时奶奶总要询问事情的原因："是不是车子与别人撞了？""是不是与别人打架了？"接着我得地把事情"真相"一一说出来。

高三时，下午的课排得满满的，往往至天黑才能回到家。奶奶对这是很不放心的，常常指责老师的"残酷"。我笑着开导"杞人忧天"的她，"放心吧，老师何尝不考虑学生的安全呢？"

有一件事最使我难忘。那天下午上完课正欲回家，天已黑了，绵邈的天空中星星已经或明或灭地闪烁着。突然有一个老同学在校门口伸手拦住了我。互相聊了起来，我竟忘了奶奶曾说过的一句话："晚上有事迟回来要打个电话回家。"凉风轻拂，路边彩灯闪烁，我们边走边聊边欣赏都市的绚丽多彩的夜景……糟糕了，八点半到家推门进去，只有蟋蟀躲在黑暗的什么地方唧唧地叫。两位老人呢？原来他们连夜出动，去途中寻找我了，看看我是不是在途中发生了什么事。当看到他们焦灼失望地回来时，我除了谴责自己的良心外，还有什么可以供自己容身的呢？

可怜天下老人心。啊，奶奶！我的奶奶！

当然，我与奶奶之间有时也会发生不愉快的事。奶奶办事细致认真，对什么事情都给我"指挥"，我便有点被束缚的感觉。一颗少年的心，总是渴望自由的，年轻人怀着敏感的好奇心，多么向往神奇美妙的社会，向往光怪陆离的世界。我不失孩童时的天真烂漫，活泼好动，周末有时去逛书店，晚上有时约同学去溜冰场。但奶奶最反对我晚上出门，说晚上极不安全。每每我想以"到同学家探讨学习方法"的借口蒙骗，但骗不过，她说："再不听话，不准让你进门。"我有时被气火了，尖声怪调地辩论。至今想起那时的脾气的暴躁，知道是自己不对的，心中涌起了难以表达的歉疚之情……

然而，碰到一些小矛盾时，爷爷有时会不高兴，奶奶是很少生气的。"大人不计小人过"，她始终疼爱我，关心我。没有我陪伴，奶奶、爷爷的生活仿佛少了活泼愉快的气氛，我上大学的远离带给奶奶有高兴，也有伤心。奶奶寄托在我身上的希望我没有辜负，然而也正是因为这样，我必须长久地远离她。身不由己在天边，离别时的是依依难舍的眷恋之情。奶奶后来说她每次上三楼的时候，看到我原睡的那个房间是漆黑的一片，"冷冷清清凄凄戚戚"，心似冰冻，凄然欲泪。哦！奶奶哟……

我还记得当时为了减少外界的干扰，独自搬到三楼去睡。奶奶每天都要到三楼的阳台上去晾衣服、收衣服、浇花等。每当楼梯响起仄仄的脚步声时，我知道是奶奶上来了，她手中一般不是空的，不是给我带津甜的水果，就是香酥的面包，或者给我提上开水……

啊，我的好奶奶！

奶奶就是这样，一心一意为了我。岁月流逝留给奶奶白发的增加，可她的慈蔼的心依然不变，即使大学里，每次打电话回家也可以听到她的温暖的安慰的话语。当我失意的时候，或者想家的时候，我喜欢打个电话回家，从奶奶的一言一语中感受阳光的灿烂、蜜汁的甘甜、琼浆的芳醇……

有一次寒假结束要到北京来上学，奶奶送我到车站。冷风扬起她的几丝皤白的鬓发，她向我挥挥手。我也频频地挥手，望着奶奶渐渐缩小的身影，清泪涌上眼眶，簌簌地坠下……

啊，奶奶！

在雾气溟蒙的人生旅途，你牵扶着我越过一道道人生的艰险的隘口；在斑斓的青春岁月，你鞭策着我写下一页页人生的难忘的记忆；在心情抑郁的生活日子，你提携着我奔向一处处人生的欢乐的家园……

好好学习，以后报答奶奶的恩情，我要回赐你的万斛的谢意，奶奶，你是否听见了我的心的呼唤！

奶奶的关怀是大海，我是一只帆船，人的长大是岸。帆船竖立着希望的桅杆，在大海中颠簸着，徐徐地驶向那长大的岸……

我的跳动的心在奶奶的疼爱的河流中喧腾，我要唱的是对奶奶的咏赞的歌！

我真想再回到奶奶的身边，在那一个个风清月朗的夜晚，指着圆如玉盘的月亮，静静地听着奶奶讲那"嫦娥奔月"的故事……

奶奶，你现在在家还好吗？

哦，我的挚爱的奶奶！

130

我的敬爱的老师

爱。

"人非草木，岂能无情？"人间永远流淌着爱的清河；爱像壮丽的山川，像碧绿的草园，像艳红的野花，像氤氲的白烟，点缀着地球的彩衣。于是有了爱，地球成了一个大自然的美和社会情感的美完美结合的，光怪陆离、多姿多彩的世界。

人们歌颂爱，像歌颂金珠的璀璨；人们赞美爱，像赞美英雄的伟大；人们创造爱，像创造科学的先进；人们珍藏爱，像珍藏家宝的稀罕。

爱，犹如红花；爱，犹如绿草。

花，有牵牛花，有紫荆花，有海棠花，有玫瑰花……

草，有狗尾草，有蝴蝶兰，有波斯菊，有鸭脚木……

而爱，有恋人的爱，有父子的爱，有同学的爱，有师生的爱……

我要说的是师生的爱。

人们说到恩师，"春蚕到死丝方尽，蜡炬成灰泪始干"情不自禁脱口而出，人们也把恩师比作园丁，像辛勤灌溉禾苗的园丁。

老师是人生路中的信标。在辽阔的中国大地上，有无数个

蔡芸芝式的老师，毋庸置疑，毋庸辩驳了。

当一张深嵌着皱纹的仁蔼的面孔，一双在两个眼镜片下的炯炯有神的眼睛浮现在我的脑海中时，我愈深刻地体会到"教师是兴建人类灵魂的工程师"和"教师事业是人类崇高的事业"这两句话的深邃幽远的内涵了。

她——何长如老师，是我永远难以忘怀，永远无比尊敬的老师，也是高中三年的班主任。

何老师，我敬爱你！

敬爱你，在温和的春天，

也在炎热的夏天；

敬爱你，在凉爽的秋天，

也在寒冽的冬天！

我是从初中保送到福州高级中学的。自然，保送的录取通知单发到面前时，会感到一阵无比轻松的快乐，心像在云朵上飘荡，悠然地，悠然地。在初中，对福高（福州高级中学）这个学校，我知道一些它的历史、现状，但招生报上的精美的图片、语句优美的介绍毕竟只是写在纸上的，与实际相符合的程度，有待于事实的检验，"实践是检验真理的唯一标准"。

我开始梦想那座校园。

梦想校园那郁郁葱葱的树、绿意盎然的草、五彩斑斓的花、宽敞明亮的教室、宽阔平坦的操场，还有和蔼可亲的老师。

我想那旖旎辽远的碧空之下的一块绿园将是我憧憬的摇篮。三年的少年时光将在那儿欢快地度过。

开学那一天，早早地吃过早饭，准备好该准备的东西：录取通知书、钱。骑着自行车，我像逍遥自在的神仙，像去上奖台领诺贝尔奖一样，向学校奔飞。

走上那条斜坡的小道，宁谧幽静。地面是水泥，两边是高墙深深的庭院。一棵有几十载年龄的榕树从红砖砌成的学校围墙探出一簇簇葳蕤茂盛的树枝。初升的太阳弄着绿得发光的树叶的姿影，在这条浓荫掩映的清凉的道路上投下了星星点点的花纹，犹如一只只彩蝶在翩翩舞动着，影影绰绰。我推着自行车，走上约三十步，在围墙的墙角外拐了个九十度的弯。再往上走，左边有个小院子，是所幼儿园，右边是堵高高的围墙，下面用青色大理石作基础、上面用红砖垒筑，而且从墙内壁爬出的青藤绿蔓垂挂着，一条条，一条条参差不齐。顺着围墙往上走约四十步，向右转，就可看到福高的两个校舍的大门面对面地并列在道路的两旁。

　　进了校园，我发现树比我想的更粗更大，草比我想的更葱绿更奇异。学校？我真有点怀疑了，这分明是一个花簇簇、草葱葱的公园！

　　来校报到的学生已经不少了，大家在神采飞扬地谈论着，人的笑声与花的清香弥漫在校园的空中。

　　住在学校附近的一个亲戚的朋友的朋友把我送到报到处，为我交上了通知书，并注了册。

　　刚刚到学校，同学之间都是不认识的，我流露着腼腆的神色。正欲拔脚回去，等着明日来上课，突然，一个声音飘入我的耳朵。

　　"哪个是官开植？"

　　"我。是我，老师。"我站在那个女老师的面前，声音不大地回答。在众目睽睽之下，我觉得有些尴尬，脸泛着几丝红晕，像一个羞赧腼腆的小女孩。

　　"嗯，很好。欢迎到福高来学习，从明天起你是高一（1）

班的学生，我是你们的班主任。"她打量了我一下，笑着对我说，脸上荡漾着温和的春风，眼眸处放射着慈祥的烁烁眼光。

这个老师，戴着一副金色框边的近视眼镜，约五十岁，可看起来很年轻，富有知识分子的书卷气。

听了班主任的话语，我的心坎激荡起了无比亲近的情丝，感觉哟，好像喝了荔枝蜜一样的香甜！

这是班主任给我的第一印象。

当把步伐移出校门口时，我欣欣然，思绪像飘在"云霞明灭或可睹"的天空中，感到恍恍惚惚，朦朦胧胧。校园的诗画般的新鲜的景色糅合着班主任的笑意，仿佛一阵阵暖风向我脸上吹来，让人心旷神怡……

下了斜坡，我停下脚步，回眸仰望这座灰色楼房和深绿色榕树交相辉映的学校。她，犹如一个娉婷的少女，稳稳地站立着，而脚下潺潺流淌的是黛绿的闽江。对岸是台江区，此岸是仓山区，两区由闽江解放大桥连接起来。而她，日日夜夜仿佛在静静地鸟瞰着台江街道上来往如织的游人和车辆，在欣赏着马路旁一串串闪闪烁烁的色彩缤纷的霓虹灯，在聆听着繁华都市的嚣声与浪花拍岸的响声。

随着一股股联想的产生，葡萄牙诗人安特拉德的诗句在心底油然涌起：

> 一切都明亮清湛；
> 天空、嘴唇、海滩。
> 大海近在咫尺，浪花汹涌飞溅。
> 身躯还是海涛，
> 来去往返，

134

甜蜜、轻柔——只有

灵魂和洁白。

幸福时歌唱，

恬静时安眠，

把寂静咏赞。

一切都明亮清湛，

年正青春，身手矫健，

大海近在咫尺，

纯洁无比，金光闪闪。

《九月的海》

　我似乎感到，校园变成了一个大海，波涛在阳光下激潋，而我变成了一只小鱼，在海中摇鳍游翔。

　哟，学校，你有令人流连忘返的美丽！而在这儿教书的老师的心灵一定会更美更美吧！

　我爱校园的美，我更爱老师心灵的美！

　何老师教书已有几十年了，可以说已经桃李满天下。她原来也是从福高考入大学的，大学毕业后又回到福高执教。岁月是无情的动物，用它犀利的兽角在她的少女圆润嫩白的脸上刻下了一道又一道的皱纹；粉笔的尘埃像具有漂白性的 SO? 一样，渐渐地漂白了她的少女光滑乌黑的头发。可是，她如痴如醉地热爱着这份光荣的职业，她秉着一颗滚烫的心，在作为教师培养人才的人生路上执着地谱写着壮丽的人生篇章。所以，即使，鬓白红颜逝，她也是不会感到遗憾的。何老师经常跟我们学生聊起她的经历，从她的话语和神态中我们可以窥视到她的心态——当一个人民教师的无比骄傲和自豪的心态。

　　当我们有时间问到教师的待遇，如工资、住房、奖金等，她的回答有些令我们出乎意外，因为我们知道教师的工资并不很高，而且我们常常看到报纸上载某某老师跳槽、跳海去了，或者办起了什么第二职业。

　　"如果每个教师都去跳槽，都去捞钱，只知道一个'钱'字，那中国人的精神哪儿去了？教师的职责哪儿去了？"她流露出对"一切向钱看"的人鄙夷的神色。我们原想她的回答肯定也会带埋怨发牢骚的味道，可她的话和我们原先的想法不一样。其实，有点出乎意料，可又在情理之中啊！

　　何老师教我们化学。或许是多年教书积累的缘故，她讲课的经验非常丰富，讲课的内容生动、有趣。Cl_2 是浅绿色，Fe_2O_3 是褐红色，H_2S 具有臭鸡蛋气味……她把化学性质描述得活灵活现；氧化反应、还原反应、离子反应……她把化学原理讲解得深入浅出；镁燃烧会发出耀眼的白光，H_2 和 Cl_2 反应会发出"噗"的一声，"鬼火"是白磷氧化燃烧现象……她把化学现象描绘得有声有色。我化学学得比较好，也喜欢听她的课。看她做演示实验的身影，我好像看到了道尔顿、门捷列夫、侯德榜的身影；看到她写的化学方程式、离子方程式，我好像变成了一个元素符号，在化学知识的迷宫中纷飞；看到她画的试管、酒精灯、坩埚钳的图形，我好像钻进了分子、原子，在探究着无穷无尽的物质世界的奥秘。

　　回想起何老师的一言一行，一举一动，一种自豪感在胸怀中情不自禁地产生。在芸芸众生的世界，我们有缘。你是我的老师，我的班主任不是别人；我是你的学生，你的学生中有一个是我。

　　我没听过何老师给我们朗读课文，或许她不会像藤野先生那样抑扬顿挫地朗读；我也没见过她跳舞，或许她不像魏巍的老师蔡芸芝那样会跳舞；我也没见过她手持着铁戒尺在课桌间来回踱步，像小弗朗德的老师那样；我更没见过她教我们什么"铁如意，指挥调侃……千杯未醉嗬……"，像在三味书屋教鲁迅的老师那样。但我见过何老师对我们严肃的面容；我听过何老师对我们严格要求的掷地有声的话。

每每追寻起这些面容，这些话，心灵的深处，会冒起一弯感激和敬佩的泓泉。

何老师珍爱着这个班集体，看到这个班的每个同学在健康地长大，她好像一个农夫，看到自己水田中的生机盎然的禾苗，一丝又一丝的微笑一次又一次地掠过她的心头。她严格要求每个同学热爱集体、珍惜班级荣誉的话，天天在每个同学的耳边响着：军训表演赛要拿下第一，广播操比赛也非第一不可，卫生流动红旗一定要稳住……

"要是谁故意给班级荣誉带来损害，那是不客气的！"何老师是不会轻易饶恕害群之马的。

当然，话是这么说的，岂不知老师的心中是无时无刻不在爱护着班上的每个同学。有一次，在班上早读的时间里，一个同学在拿着报纸看。何老师出于对同学的负责，不由分说地把报纸没收了。那个同学看来是非常气愤，桌子上"啪"地重重地响了一声。谁也都能想象得来，那时老师心中的感觉是什么样的呢？呵斥那个同学。

"也许是老师对同学的关心、教育还不够。"后来老师和我走在路上的时候说。

"试想想，同学们远离父母，父母把孩子交给学校，老师不关心、不理睬同学，怎对得起家长？"

一个既严格要求学生又多么善良、慈母似的老师啊！

老师是无微不至地关照着每个同学啊！

湛蓝的晴空飘着一朵朵白云，风吹得树叶沙沙地响，好像在咏唱着生命的欢乐。我和何老师并排走在校园的道路上，我只默默地听着、记着老师的每一句话，我没有回答，我也不知该如何回答。

韩愈说："师者，所以传道授业解惑也。"但班主任除了"传道授业解惑"外，还关心着同学的生活。如果我的学习成绩退步了，老师便拿着试卷耐心地给我分析错误的原因，并指出哪一类题目要用什么样的方法和技巧，还建议平时该怎么学以适应这类题目的测试。除外，还询问心中是不是有什么挂虑的地方，生活上有什么困难的地方。最后，她拍拍我的肩膀，用赞许的眼光鼓励我："不要伤心，还有机会，要争取下一次的如意！

还记得有一次，下午最后一节自习课上，我脸色发青，直冒冷汗，莫名其妙拼命地呕吐，何老师见状，叫一个同学扶着，毫不犹豫地把我用自行车往医院送去。

暮色微微地笼罩着大地，路边的树一棵棵好像一个个妖魔在疯狂地嚎叫，在东歪西倒地摇荡。

到了福州市第二医院，抽血、验血、输液……

打电话回家，爷爷匆匆忙忙地赶来了，但她还不肯回家去，她说她要等看到我病情好转后才放心，否则回家要忍受牵肠挂肚的煎熬！

夜很深了，见我的病情不那么严重，何老师才道出歉意："失陪了，明天有课，我回去批改作业、备课。开植，你好好地养病吧！"

138

何老师是多么平凡，可又是多么伟大的啊！

这就是我的老师，何老师，班主任。

老师！如果我是大音乐家，我要谱写出礼赞你的最动人的篇章！如果我是大画家，我要描绘出你诲人不倦的最动人的图画！如果我是大诗人，我要抒写出感谢你的最壮丽的诗篇！可惜啊，我什么都不是，我只能提起一支笨拙的笔，像儿童信笔涂鸦似的写下一句一句的话：老师，您好！老师，您好……

终于，三年弹指间即逝，不得不和何老师分别了。

那天是 7 月 10 日，学校举行道别宴会。班主任给全班做了一次高中三年的最后一次讲话。全班同学无语，沉默着，沉默着，久久地沉默着。

当我推着自行车，走下那条走过三年的熟悉的斜坡时，我似乎看见了自己的一层层重重叠叠的脚印，而第一次脚尖向前的脚印和这一次脚尖相反的脚印都特别的清晰。

我停下脚步，回首凝望着学校的围墙、榕树、教学房……

福高依然像一个婷婷的少女，稳稳地站立着。

渐渐地，什么也看不见了，只有自己的一双潸潸泪眼了……

再见了。

再见了，母校，何老师。请您等待我再次回来的那一天。

捡拾春的脚步

迈步在北航的校园中，驻足聆听学子们的跫跫的足音，我在捡拾着春的脚步。

春的脚步的韵律，"一二一"呀，吻合着学子奔向教室、图书馆的足音的节拍，汇合成了一首首铮铮的曲子。

伴随的还有麻雀的叽喳声。我心醉神迷。我思索着，思索着，假如我是一名杰出的音乐家，我要给这首曲子填写最优美和隽秀的歌词，来赞扬春天的生命。

一

日子嬗变着，北京的冬天阑珊而去，春姑娘微笑地踏着轻盈的步伐走来了。

北航人也从"有好吃的"和"有好玩的"的家乡陆续返校了。跨入北航校门，噢，北航也已经春意融融了。

我的步子轻轻地在校园中走着。前几天刚到学校的情景犹在眼前。那天，带着对福州故乡丝丝相连的眷恋回到了北京。这次回校没有跟老乡一起走，一个装吃的沉重的大包和一个装满衣服的手提箱自然只能"独自承受"了。火车早晨5：46抵

140

达北京站。带着微微的疲倦，换地铁，转 375，当看到那赫然醒目的"北京航空航天大学"的校牌的时候，感到好像又回到了家门口。步入校门口，好似有一股强烈的气息迎面扑来。那是逸夫馆和航空馆的亲切与晨曦微露的凉爽掺和在一起的气息。于是，精神顿时抖擞了一下，似乎把两天两夜的旅途困倦抛弃于九霄云外了。看到几个北航人背着沉甸甸的书包匆匆而走的步履，我的心旌受到了震撼。一瞬间，脑海中似乎浮现出了一派百树竞秀、百花争艳的旺然蓬勃的春天景象。沉重的行李似乎变轻了，我的脚步似乎变得飘飘然了，好像自己已置身在广袤的原野上，在捡拾着春的脚步，在追逐着春的骏马，风驰电掣地奔跑着……

二

春天绿了江南岸，王安石在明月下慨叹流浪羁旅的凄楚。

鸭绿江开始解冻了吧，北戴河的海水温和了吧，梅雨潭的草绿了吧。

听着那春潮的澎湃，仿佛听见了黄河之水滔滔向前的轰隆声，我迈着步伐，心像这黄河之水、长江之水所激起的波澜似的，一圈一圈地向外荡开着涟漪。

便开始漫无边际地思索起来……

人们或许在欢呼着春夜喜雨的到来，或许在讴歌着普罗米修斯盗火回人间的勇敢，或许在斥责着哥白尼的"把上帝赶跑"的太阳中心说，或许在斥责着约旦士兵枪杀七名以色列女学生的罪愆，或许在吃着冰糖葫芦，或许在赏听着陈琳的《你的柔情我永远不懂》……

北航人呢，在捧着《四级考试技巧》《六级考试指导》，在演绎着阿基米德定律，在推导着泰勒公式，在诠释着 Gauss 定理，在观察着金属材料的冷作硬化现象……

……

春风在轻轻地吹拂着大地，也在轻拂着忙碌的北航人的面庞。

北航人从对邓小平的哀思中抬起头来，擦干了湿眼，在"文明校园"的精神的鼓舞下，又一次穿梭于阳光灿烂的校园。

"野火烧不尽，春风吹又生。"晨读园里的枯草烧过之后，又喝足了草木工人灌注的清水，好像饮了甘醇的醴酪，几天便冒出了绿茸茸的尖儿。春天象征生命的旺盛，北航的莘莘学子呀，也正是八九点钟的太阳，在放射着青春的朝气和活力。我赞美小草破土吐芽的顽强，我更礼赞北航人奋发图强的精神！

冲向蓝天的梦牵着北航人的魂，坐在飞机中飞翔啊飞翔，北航人的希望在《飞机构造力学》中飞翔，在《飞机制造工艺》中飞翔，在《航空航天概论》中飞翔……

我从恍惚中愣了一下，顿时眼前一亮。

路边的一棵树开满了粉白带红的花，还飘溢着淡淡的幽香。

这株桃树还没长出一片绿叶，但却含丹吐白，绽蕊怒放。那花的香味向四周飘散着，沁人心脾。

我闻吸着，闻吸着。醉？！是的，我要醉了。

三

春风在抚摸着我的脸庞，也在抚摸着忙碌奔走的北航人的面庞。人们常说"一年之计在于春"，人们常常喟叹"韶光易逝"。

哟，如此哟，难怪鲁迅说浪费别人的时间就等于谋财害命，难怪岳飞告诫人们不要"白了少年头，空悲切"。

时间像坐在轿车上，在高速公路上流星般地奔呀，奔呀。但北航人是不甘落后的，你坐车，我走路，我不怕，我要和你竞跑，我要做奥运会赛场上的王军霞—夺取冠军。

我停下了脚步。

明媚的阳光普照着大地，北航的校园笼罩着一层金色的薄雾。头顶上的寰空中好似铺展着一张五颜六色的画卷：赭黄、海黄、霞红、翡绿……

我又移开了脚步，踏的是灿烂的阳光。

一堵围墙似的直立的阅报栏映入了我的眼帘。

在这里，北航人曾经倾听国人对美佬歪曲中国人权的无耻行径的驳斥，眼睛喷着愤懑的怒火。

在这里，北航人曾经津津有味地读取 NBA 的故事，曾经百遍不厌地欣赏乔丹的俊姿。

在这里，北航人曾经为中国的 football 健儿呐喊、加油，曾经惋惜"东亚杯"沦为"西亚杯"的转变，曾经慷慨中国足球命运的多蹇，曾经仰首问青天，何时会出现中国的贝利、马拉多纳、普拉蒂尼、贝肯鲍尔、巴乔、克鲁伊天、坎通纳、范巴斯腾……

在这里，北航人曾经怀着无比沉痛的心情缅怀那个伟人的彪炳勋业，在寻觅那个伟人的戎马生涯的足迹。他的南行讲话似乎还在人们的耳畔萦绕，他的"一国两制"论将于1997年7月1日由纸上的理论变成现实。

靠近阅报栏，我停下了脚步。

我的目光停留在人民日报那篇《倒计时百日：华夏处处盼回归》的文章上："……北京大学、清华大学、中国人民大学的数百名学生，挥舞着国旗，高举着'万众翘首盼回归，一百天后相逢''强国有路，明天有我'等标语、横幅，手挽手，肩并肩地高唱《东方之珠》《歌唱祖国》等歌曲，嘹亮的歌声响彻广场上空。"而北京航空航天大学的学生呢？我相信虽没有手挽手，肩并肩，但是心连心，和此时的我一样，鲜血在沸腾着。

一丝阳光照在我的身上，旁边一棵树刚刚发出嫩芽，树枝在清风中摇摆着。一个穿着白色旅游鞋，黑色健美裤，粉红色毛衣的窈窕女孩，在我身边走过，哼着歌："一九九七，快些到吧，一九九七，快些到吧……"

一个同学穿着红白蓝三色校服，拿着一个足球，从十六宿舍楼跑出来。显然，他是1994级的学生，和我一样。

他的步子矫健，阳光投下他的影子也像一个大足球。

我想，或许他和我一样，不忽视体育锻炼，但今天我不去锻炼，不想去跑步。

跑步，昨天刚去过，间隔一天去一次，每次3000米。跑时，耳边呼呼地响，脚在唰唰地向前，一步步，一步步，好像跑在人生的跑道上，有笔直，也有弯曲，没有尽头，很长很长……

春天的脚步在日月交织的时间之网之中溜了过去，无声无息，永远永远。而人生的脚步在忧伤和欢娱的交替中，又何止是匆匆，它还要留下踩出的路，让后来的人们的路，从这儿继续延伸、延伸……

欲去捡拾春的脚步，我便能追逐着它，和北航人一起去开垦一条希望的大道，不怕荆棘、不畏骤雨、不葸沟壑。

一个星期天的下午

邈远高阔的天空湛蓝湛蓝，几朵白云在悠然自在地轻飘着。

阳春三月，明媚和煦的阳光把万缕金黄洒满了大地。大地上嫩绿的树，青青的草，嫣红的花在焕发着欣欣向荣的光彩。

今天是星期天。

"叮、叮、叮……"床头的闹钟骤响起来了。明明，一个戴着近视眼镜的小伙子，从酣畅的梦乡中醒来，辗转了一下身体，伸手去动一下闹钟。钟声停了，一共响了五下。

淡黄色的闹钟的时针和分针正好指向下午二点三十分。

明明爬了起来，带着惺忪的脸，坐在那儿一动不动，仿佛有点恍惚迷离的感觉。

他转头往窗外看。柳丝的婆娑的倩影映在绿色的纱窗上，三星两点地挪动变幻着；碧桃的丹萼娇丽可爱，清新的香通过窗户扑入鼻孔。他感到心旷神怡，清醒了许多。

大约是"春色恼人眠不得"吧，明明记得昨天晚上好像失眠，大概是一点才睡着。所以今天中午觉得特别厌倦，准备午睡到两点半。再说，今天是星期天，可以多睡，如果是周一到周五，要是下午有课，那最多只能睡到一点五十分了。

明明是个酷爱诗歌、散文的人。平时咏哦名诗佳句，陶然欲醉。撰写散文，有人说他的语言如流水行云，清新流畅。不过，这有点夸张。

他勤恳好学，孜孜不息。有课余时间便埋头阅书写作，另外或许是大学课多业重的缘故，他天天都非常繁忙。"少壮能几时，鬓发各已苍"，他常常这样勉励自己。

阳光照着叶子，绿油油的叶子反射着缕缕光芒；照着桃花，艳红的桃花抚弄着疏影。"千花百卉争明媚"，"万紫千红花正乱"，"诗人"似乎诗意大发了。

他从窗外收回了眼光，回头看看自己书架上整整齐齐的一摞摞书。除了《微型计算机原理》《C语言》《机械工艺》《IHEMURDERS》《民谣吉他教程》《国际标准交谊舞》等外，大部分是有关诗歌、散文方面的书，什么唐诗宋词元曲有点叫人眼花缭乱。最后，他把目光停在那本陕西摄影出版社出版的《名家散文精品选》上。下午去继续看这本书吧，他想着。

他喜欢这本"从浩繁的卷帙之海中捡拾出最美丽的珍珠，从茫茫的沙漠中淘洗出璀璨的金子"的散文集。其中"或壮阔醋畅，或柔娓委婉，或质朴平实，或幽深邃远"的风格，使他的心情也跟着随之潮起潮落。

他还记得上午读到黄药眼的《祖国山川赞》时，有一段：

碧油油的春草是那么柔软，茂盛和充满着生机啊！它青青的草色，一直绵延到春天的足迹所能达到的辽远的天涯……

那时他掩卷抬头，往图书馆窗外看：晶莹可爱的嫩草那么柔软、茂盛和充满生机。

现在他浮想联翩，思绪在白云间飞翔着……

那是几年前的事了。他那时还在家中读书，他妈妈特意给他买了两盆花景。一盆是凝绿欲滴的草，什么名字不知道，只叫它野草。另一盆是鲜红的一品红。他按照妈妈的吩咐，把它们摆放在书窗上，以使"望绿消疲惫，观红增信心"。

他自己也非常喜欢这红绿相映、溢彩留香的草和花。有了盆景的点缀，书房的景色宛如一张彩色的图画了。

"吱、吱"，云雀的清脆悦耳的叫声从外面的树枝上飘入明明的耳朵，他梳理了一下思绪，觉得心情格外的舒畅、豁朗。

去照几张相吧，学术交流厅前面的晨读园中，柳色鹅黄嫩绿，碧桃含丹吐艳，不是那么美丽的吗？他想着，决定改变去看书的主意。

"几度东风，几度飞花，现在正值媚丽可人的春光盈满校园的时候，不去留住一片春，要待何时呢？"他自言自语道，脸上露着微笑。

对，还要带上那把吉他，他突然想起来似的。那把吉他安静地悬挂在墙上。明明很喜欢这把赭红带黄，又具有古香古色韵味的吉他。他虽然学习紧张，但是每天都要挤出约一小时的时间来抚摸这把心爱的 Guitar。匹克、华彩、大调、小调、SOLO 对他来说已是较熟悉的东西了。每每练完一曲，他感到自己的技艺日益娴熟了，就会在脸庞上绽出开心的微笑的花朵。晋代博玄的《琴赋序》中有句曰："楚庄王有琴曰绕梁，司马相如有琴曰绿绮，蔡邕有琴曰焦尾，皆名器也。"他想应加一句"明明有琴曰甜甜"。"甜甜"，自己给它起的名字看起来甜美，在别人看来则有可能是不好听的，但他没有对自己的略显矜持的态度而感到愧疚，只是觉得对这把吉他有着缱绻的感情。

或许生命的浪花在人生的河湾中流淌，总会邂逅暗礁碍石，当他感到不平，不如意或寂寥的时候，他总要撩拨一下吉他的琴弦，好似这样能减少心坎中的愁闷。

宿舍中的其他五个人还在恬然梦寐，明明背上吉他，取了相机，走出来了。

春天的阳光那么温熙啊，照在身上暖融融的，蔚蓝的天空下树木翠绿蓊郁，在春风中摇曳着，空气无比新鲜芬芳。

学术交流厅前面有一个小丘，丘山有一飞檐亭榭，那儿的桃树已开花了，柳树也吐出了长长的垂丝，去那儿吧，他想。

他很轻松、惬意。

过了门卫处门口，在体育馆门前的宣传栏处，他看到一张海报："今晚7：00在一号楼101有吉他讲座。"可惜今晚有党课讨论会，不能去，否则去开一下眼界也好，他这样想。

路边摆了好几张宣传黑板："每日新闻""×系—×系足球烽烟又起……"而那白杨树的树干笔直地挺立着，管理学院的玻璃窗在阳光的照耀下闪着耀白的光芒。

两个穿着裙子的女生把眸光转到了明明的身上。他是个俊然帅气的小伙子，今天又穿着蓝色牛仔背带裤，再配上一件颜色较鲜艳的衬衫，难怪更加惹人注目了。他脸上带着微笑，其实他心中很高兴。

"细细风来细细香。""满楼春色傍人醉。"

鸟语清新盈耳。

上了石阶，到了亭畔。一簇桃花似火如霞，竞秀怒放。青草没胫，绿坪如荫。小丘旁边柏杨的荫翳处端踞着一个少男和一个少女，促膝对坐，每人的一个耳朵塞着一只耳机，手里各拿着一本书静静地翻阅着。

而明明只一个人，他想请一个人来帮他照相。

他看到一个女孩在亭轩里抑扬顿挫地用日语朗读着："春天日本的景色很美丽……"

他踌躇了一下，不好意思去打扰别人，可是没有更合适的人能帮他忙了。

"对不起，你能帮忙照一下相吗？"

明明也用日语说，真像一个风度翩翩的日本绅士了，站在那个女孩面前，又是点头，又是哈腰。

"咳！多咋。"（好！请）那个女孩抬起头，似乎诧愕了一下，但随之又很快地回答了一句，并带着微笑。

"小姐，会打扰你吗？"明明怕影响别人有如履薄冰之感，又补充了一句。

"嗯，不太会。"她答道。

温暖的阳光普照着大地，宠柳骄杨在春风的吹拂下款款舞动，愈加妩媚醉人。

他从盒中取出了相机，准备好了一切，只等着按快门了。

他通过取景框开始取景，照什么好呢？如剪的柳丝，如染的花，茂盛的绿柏，高大的白楼，萋萋的碧草……一切的景象都春意盎然，一切的景色都佳丽绝伦啊！

经反复比较，权衡利弊，他最后决定坐在凝碧的小草上，做一个悠然的弹奏着吉他的姿态，背景是照它一角亭檐，几枝

红桃花，一片垂柳的翠帘。

　　这张相一定有明星之韵味，如果照好的话，他这样想着，不禁心中有些得意了。

　　照完了，他谢过了那个女孩，放目纵眺。整个校园清新明净，又若有一层薄薄的翠霭笼罩着。"晴波淡淡树冥冥，乱掷金梭万缕青。"天空中一片片彩色的浮云犹如一瓣瓣盛开的花朵。

　　"年年岁岁花相似，岁岁年年人不同"，"诗人"喟然长叹，好似一股浓浓的诗意又在心潮中涌起。他不禁回忆起小时候的一次经历。

　　那时大约是十岁吧，他还是个天真活泼的儿童，皮肤嫩白微胖，有时会调皮做鬼脸，但大部分还是很听话，很认真识字，做算术，咿呀学语，因此较易博得大人们的怜爱。那一年春节，他妈妈带他到外婆家去玩。他听外婆说庭院中那棵有红红的花、绿绿的叶的树叫海棠树，过一段时间会结出圆圆的果，吃起来有甜甜的味。他非常喜欢那红红的花、绿绿的叶，他和妈妈，还有外婆全家在树的旁边照了一张全家福，只是那次照的是黑白的。

　　确实花似人不同啊，你看明明不再是一个十岁的娃娃了，而是一个二十几岁的年轻人了。

　　"莫等闲，白了少年头，空悲切"，他又这样想着。这句话是他的座右铭，他常常以岳飞《满江红》中的这句话来鼓励自己。

　　又去别处照了几张。他把几张剩下的胶卷全部照完，准备拿去冲洗，明天就可以欣赏到相片的画面了。

　　他把吉他、相机带回了宿舍，取出胶卷，带了一本《青春潮》

杂志，往商业街走去。

阳光金黄金黄，他好像沐浴在阳光的海洋中，感到全身清爽无比。

骀荡的春风把祖国的每一个角角隅隅吹遍，万木竞秀抽绿。

明明又觉得好像根本不是自己在走路，而是躺在阳光做成的摇篮中，春风抬着他上路。

他进了一家彩扩中心。出来后，到商店买了一根巧克力冰激凌和一包九制陈皮。

他拐向俱乐部正对面的一条小径，吹着自在的口哨。偶或从口里哼出一两句歌："不是不应该，还是让我谢谢你的爱。"

小径的右边是一家餐厅，那边墙角处有几棵浅青色的黄栌树，还没长出一片叶子，可几株繁茂的碧桃开得红艳艳，像用脂粉靓妆过一样，格外的绚丽迷人。

明明对大自然特别感兴趣。他缱绻地眷爱着大自然的美好，哪怕一草一木，一根一节。他喜欢观察研究自然界的草木，哪怕树叶的一条纹理，草叶的一点斑痕。

他往路的左边一看，惊呆了：一棵碧绿的橘树缀着一朵朵的小白花，幽香在空中轻飘着，他用手轻轻地碰触着小白花，他怕太用力损伤了花瓣、香蕊。

处处可以寻觅到春姑娘的足迹，春姑娘把北航的校园，把祖国的山川装饰得花红柳绿。"太美妙了呀！"他的心中发出了一句由衷的赞叹。

旁边有石桌、石椅，他看见老人们、年轻人笑意盈盈地坐在那儿聊天，显得闲逸自在。他们的心情和我一样的畅快，他想。

他又向前走。阳光向东投下他的身影。

　　他在绿草柔软的草圃中捡了一个地方，坐了下来。

　　他谛视身旁的野草，碧油油，绿茸茸，似乎每一棵小草都像香蕙草一样溢着浓郁的香味，直直钻入鼻孔。

　　他聆听嘤嘤的鸟声，和远处宿舍楼传来的袅袅的乐曲声，和谐地融合在一起，绵绵成韵，陶人迷醉。

　　在草圃的那头也有几株似火彤红的桃花，有几个人围着它们照相。

　　远处，有一棵树，树冠成圆盘形，越高半径越小，犹似圆形的箭头指向天幕。从挂着的那张牌子上可知它是圆柏树。

　　有几个女孩围成一堆坐在圆柏树的荫凉处，嗑着向日葵瓜子。还有几个穿着校服的小学生模样的小孩，坐在一起，边说边笑，他们大概是北航附小的学生吧。

　　举目四周，环绕着的是高大翠绿的树木。他坐在那儿，虽然鸟声、歌声、笑声、语声，可是仍觉得静谧。如此优雅的环境，是镯烦析醒的好去处了，他高兴地想。

　　他吃完了既冰又甜的冰激凌，把那包九制陈皮从口袋中取出，撕开一个小口，放在身体左边的草地上。

　　他开始翻起《青春潮》。

　　封面登了个俏丽的女孩，红唇皓齿，笑眸盈情，穿着黑色的短袖棉质衫衣和蓝色的背带牛仔连衣短裙。

　　《青春潮》是福建省办的刊物，所以明明感到一股特别亲切的感觉。明明是福建福州人，他高中的时候经常去买这类刊物，当成雅味品尝。而到北京进入了大学，他很少看到《青春潮》了，所以好像遇到了一个久违的朋友。

　　他把一块陈皮放在口中，慢慢地咀嚼着，顿时一滋滋甘美的味道沁入心肺。

一缕缕阳光在头上，衣服上静静地照着……

他的心也是静静的，没有澎湃起伏的心潮。

心是静静的，把书静静地翻过一页又一页。

可是，那篇《十八岁的情怀》突然激起了他平静的感情之湖的漪澜。

作者是个 girl，或许是个多愁善感的 girl 吧。可明明是个 boy，虽已跃过了十八岁的年龄，但此时的心情与作者产生了共鸣。

她说人生像一个多彩多姿的万花筒。"人生"，这是个多么容易引起人感慨的词啊！花开易零，人生与花同，人的一生短暂又宝贵；冬去春来，日复一日，青春是最令人珍惜的东西了。明明还记得自己曾在一则日记中写道：

花儿香，星儿亮，树儿绿，世界是美丽的，是令人心驰神往的，可是美的创造是艰辛的，美的拥抱是要付出代价的。含辛茹苦是一切幸福和甜美生活的前提。事业的成功，爱情的玄妙，一切梦寐以求的快乐不像地上的砾石，江中的水滴，伸手可捡，伸管可吸。人生的美丽需要于生命之河中斩波劈浪的执着与勇气。没有不畏凄苦的奋发图强，没有呼之欲出的雄心，没有厚积薄发的力量，成功何在？或许也只是虚无缥缈的海市蜃楼了。

不要怨忧生活的枯燥与无聊，荆棘与花萼共存的人生之路，自然与社会都是花园，在园中莳植理想的花苗，挺起胸膛吧，花卉之红与绿将染在生命之图画中了！

人人拥有青春，然而人人的青春迥然不同。他感到比较欣慰的是他觉得自己过得非常充实。上课、做作业、做实验，还有看书、写作，他把每天的计划都安排得紧紧凑凑，有条不紊，环环相扣。要是他觉得自己干了一件无聊的事而无端地浪费了很多时间，一阵莫名的空虚会袭上他的心头。这或许是长期养成的一种习惯吧。

太阳不知不觉地慢慢向西边远去。明明从书中抬起眼睛，发现太阳已落了一竿。

那边，石径旁边的杨树，绿叶在风中缭绕摇动；柳树，"万条垂下绿丝绦"，"濯濯姿容袅袅阴"。

春天到来，万象更新。春天的季节，的确是个可爱得令人格外青睐的季节！

"春来无处不茸茸"，他俯头看了一下地面的草，似乎"嫩草柔香远更浓"。

他的脑海中涌现出一张张蔚为壮观的画面：婀娜多姿的海南的棕榈树，风光旖旎的云南的西双版纳，茂密清幽的大兴安岭的森林，流珠泻玉的庐山的飞瀑，峭壁兀立的长江三峡……祖国的山川锦绣如画，他有点惭愧自己不能笔下生花地描述祖国的如此娇娆秀美的景色。他想他应该多多在文囿举耙拓地，播撒智慧的种子，收获下笔生辉的硕果。

他望了一下晴朗的碧空，廖廓的天宇，苍苍茫茫！

随着"嘀"的一声，能整点报时的闹钟告诉他，已经十七点了。

他想回去吃饭，站了起来。

把那包未吃完的陈皮放入口袋，他轻拍了两下裤脚，走了。

他有点不忍离开这恬静优美的地方。

道路的旁边是一棵棵挺拔的杨树，还有鹅黄夹绿的连翘树。它们都是发着旺盛的生命。

他到了 12 宿舍楼与 13 宿舍楼之间的那个阅报栏前，下意识地停下了脚步。他每天都要在这儿浏览《参考消息》《人民日报》《中国青年报》等，"风声、雨声、读书声，声声入耳；家事、国事、天下事，事事关心"嘛。

他回到了宿舍。

拿了饭盒，朝窗外望去：风帆翠浪，柳丝舞动着袅娜的身姿，桃花灼红娇艳，阳光万缕金黄……

富饶的沃土秀丽的宝地
——走访斗湖村

走访斗湖村，毫不夸张地描绘，能看到这样的景色：

伟岸苍翠的松柏、修长挺拔的竹篁、橙红浑圆的橘子、潺潺流淌的小溪……

明媚的阳光亲吻着这块绿地，暖风熏醉了峰峦沟壑……

树木微笑地摇动着婀娜多姿的身躯，袅袅的炊烟冉冉地升向蔚蓝的天穹……

喜鹊在欢叫，燕子在斜翩。

……

这是一个静谧恬美的乡村，是一幅色彩斑斓的画卷，是一个令人目醉神酣的绿地。

这个乡村就叫作斗湖自然村。她，像一个丰腴的姑娘，在舒展着生命的韵律，在张扬着青春的活力。

一、居在深闺人未知

斗湖自然村，属于福建福州市永泰县葛岭镇赤壁大队管辖。它是永泰县、莆田县、福清县三个县的一个交叉点，四面群山环抱，林海涛涛。它东至大严，西望田芜坑，南连福清后溪，北到梯湖隔，共有面积约 3 万亩。而此村的人们落户在环山的中心，这个中心又位于山麓的峰巅，如鹤立鸡群地屹立在群峰中间。巍峨的连绵起伏的群峰像众人拱月擎举着这颗璀璨的明珠。

在远古的年代，或许这儿是一片凄凉的荒芜的土地，或许这儿是一片杂草丛生的地域。但是，谁也说不清，是哪一天，先人踏上了这块神奇的圣地，便被深深地吸引了，开始了"日出而作，日落而息"的推犁耕作、举耙拓地，开始了繁衍子孙，拓展生命的流程。他们深深地眷恋着这个"聚宝盆"，因为这儿是福泽的沃土，而不是贫瘠的穷地，这儿有秀丽的风景，而没有污染的浊秽。无须追溯太久远的历史，单就近代的历史一瞥。斗湖村属于永泰县，据说，1959 年生产队社员要求割让给莆田县大洋乡，但当时永泰县县委李某某不应许。因为这儿有森林约 23000 亩，草地约 2000 亩，水田约 140 亩，旱地约 100 亩。那是经济的万能摇钱树，是蕴藏本县人民幸福的矿床，虽不是割让给外国，而是给兄弟县，但仍然舍不得啊！

这儿远离尘嚣，幽静怡然。有这样的意境："牧童骑黄牛，歌声震林樾。意欲捕鸣蝉，忽然闭口立。"有金黄黄的稻谷，有肥胖胖的鲤鱼，有红彤彤的柑橘，有甜津津的蜜桃。然而，前不着村，后不着店，与最近的福清后溪村就有了约8公里之远。这儿没有宽阔的公路，没有宏伟的工厂，没有巍巍的大厦，只是一个偏僻的小村庄。这小村庄想张开奋飞的翅膀，想在邈远的天空中雄起起地翱翔，可就因为交通的不便，好像失去了翅膀，飞翔不起来了，只能静静地躺在那儿发出寂寞的无奈的呻吟。

山上参天大树成林，木材储蓄量几乎要用计算机才有办法计算，但是，它无奈，因为没有公路，木材运输不出去；柑橘、枇杷、蜜桃、杨梅、柿子等水果红艳艳、沉甸甸，个个"压枝低"，但是，它无奈，也因为没有公路，只能望果兴叹了。

自然，这儿也没有电。晚上，人们点起黄油青灯，像20世纪50年代没有电的城市一般的生活。赤壁生产大队以批发价给每家每户分配一定量的黄油，人们要用黄油，就从赤壁大队肩挑回家。但据知，最近几年人们都点蜡烛，不用黄油了。或许是供应停止了，或许是人们不愿去挑。

交通的不便，使潜在的经济资源得不到开发，犹如白玉上有个瑕点，宛如晴空中有一片云翳。自然，大队里的领导和有关部门也很少问津这儿。这块满身是宝的土地，乡里的领导似乎是无能为力，也似乎重视得不够，总之给人们留下巨大的遗憾和浪费。

然而，这块宝地，始终微笑地展开双臂，企盼着慧眼识珠之士的到来。始终像一朵飘散缕缕馨香的粉花，期待着辛勤而又勇敢的蜜蜂的采酿。

二、勤恳的人们

一条小溪依傍在乡村的周围，养活着在这儿长大的24户170多人。人们一边饮吸着甘醇的清水，一边用勤劳的双手，用智慧的头脑，吮吸文化的乳汁，创造生活的文明。

这儿虽然是一个偏远的山区，地理环境胜似一个世外桃源，可是人们懂得唐宋元明清。这里的人们深深地体会到了修理地球的辛苦。知道了贫穷落后的原因就是文化知识的匮乏。他们自己出生在20世纪五六十年代，等到差不多可以念书的年龄，"三年困难时期如厄运降临，衣不蔽体，钵未吃先见底，哪儿有学习的机会？之后，又是"文化大革命"之风雨的洗礼，洗去了他们头脑里并不很多的知识，留下的都是头脑的片片空白。他们扼腕叹息自身文化的缺乏，可不能继续让孩子们成为文盲。时代毕竟不同了。现在不是灾难深重的中国了。中国的面貌在十一届三中全会后已焕然一新了。国家正处于经济蒸蒸日上、政治安定兴旺、文化日臻繁荣的时期。邓小平提出的"为了百年大计"的九年义务教育方针之风，已吹遍了神州大地上的千山和万水。大人们的心得到了欣慰，孩子们的心得到了温暖，这时一座名为"斗湖小学"的校舍像雨后之春笋破土而出。可是，一个学校，一个教室，三个年级，一个老师。绯红斑驳的土墙已显示了雨日长久淋晒的痕迹，瓦楞的罅隙已发出了雨滴渗漏的无奈。然而，每当晨曦微露之时，牛羊号叫的声音、孩子们琅琅的读书声与小溪流淌叮当叮当的声音汇合在一起，像一个交响乐团，奏出了震撼人心的交响曲。这时，勤劳的人们扛上锄头，背上斧头，踏着灿烂的阳光，顶着绚丽的朝霞，准备去谱写新的一天的希望。而终究穷孩子志气高，即使是这座简陋的教室，也培养出了名牌大学生和中专生等。

这儿的老人们毕竟摆脱不了封建迷信的羁绊，在他们身上时不时显示出迂腐、麻木、鲁莽的痕迹。他们注重对迷信的祭拜，有着重男轻女的偏袒观念，有着以"个人主义"为中心的小生产者思想。他们大部分人嫉富妒才，生怕别人先富起来，就二十多户人家，不但没有和睦相处，团结友好，反而有时相互激起矛盾，倾轧，有用如资本家厂商无情竞争之残酷手段。

可是，随着国家改革开放的窗口逐渐扩大，文明之风也吹醒了这儿酣睡的大地。她揉了揉惺忪的睡眼，面前骤然出现一片豁然清亮的寰宇。"联产承包责任制"已经使这个村很早地解决了温饱问题，改革开放的政策也带动了人们逐步奔向富裕的道路。在这块"开门见山"的地方长大的人们的观念和意识，在党的文明的营养的滋养和灌注下，也逐渐地发生了转变。

中年人意识到了科学致富的重要性，力求用科学的方法、睿智的手段、灵便的工具栽培香菇、栽种果树等。

年轻人呢，有的奋发图强，用聪颖的头脑和勤勉的奋斗终于跨入了高等学府的殿堂。他们刻苦努力，孜孜不倦，不忘家乡的哺育恩情，为家乡争光，为家乡着想。饮了家乡的甘泉而长大的学子，在深情地呼唤着：故乡，母亲，请你换上新装，崛起吧，腾飞吧！

有的年轻人虽然名落孙山，可是失学不失志，他们不惧惮奔波的劳苦，出走异域他乡学手艺。想学一技之长，不但为了谋生，还为了拓宽眼界，掌握知识本领。学完某一手艺后，一般到工厂去打工，其中很大一部分人是在服装厂里。

然而，生活在这块大地上的人们，被交通的不便束缚了，纵使有凌云之壮志，有呼风唤雨之能事，也"英雄无用武之地"。也许只有当企业家、投资商去挖掘这块土地上的"金灿灿的宝藏"时，他们才能投身于建设家乡的洪潮。渴望着，渴望着，这个村呀，望穿秋水，希冀着"他"的出现……

三、丰富的资源，经济的优势

景色秀丽，环境优美，四季如春，这里有得天独厚的旅游资源。此山地海拔较高，没有酷热的溽暑，也没有严寒的冷冬。这儿风光旖旎，气候温和，四季如春，季节的变化不明显，一年平均气温在25℃左右。得天独厚的天然的美丽，也是这儿的人们最为骄傲的地方。如果你来这儿，一定会被那秀丽的风景深深折服，而徘徊忘归。来吧，让我们走马观花似的来瞥一下这儿四季的景色。

春天，草木竞绿，百花齐放——桃花吐霞，杜鹃含丹，柳枝抽芽，小草发青……春像一个穿着五颜六色的衣裳的仙女，在染绿和染红的山上娇柔稚气地尽情地舞动。登楼远眺，娉婷的春仙女把叠峰层峦装饰得色彩斑斓。鲜艳的野花零星地点缀在一片欲滴的翠绿之中，红与绿相互辉映，夹杂着白花、黄花……

夏天，蛙鸣蝉啾，野花逸香。走在田垄畦路，看那一梯梯水稻田，风翻翠浪，一浪高一浪高。偶会惊起几只野鸡、野鸟，展着彩色的锦丽翎羽，呼呼疾飞而去……

秋天，稻谷成熟了，金黄金黄的一片，山腰像镀上了一层金黄，在阳光下熠熠地闪光着。那沉甸甸的谷穗向下弯成了半圆形，紧紧密密地挨着……

冬天，风不冷冽，不料峭，是温煦。偶尔结霜，山中的玉树琼枝，晶莹的一片，白茫茫的一片，但不会很冷，凉凉的，凉凉的……

这儿四季的景色皆秀丽无比，一年之中遍山皆翠绿。还有一个澄澈的天然湖，湖中养着各种各样的鱼。因此是开辟旅游区、度暑假的好地方。

不但景色秀丽，有开发旅游的优势，而且土地膏腴，有很多其他发展经济的优势。

能利用的土地面积很大。如上所述，有森林23000亩，草地约2000亩，水田约140亩，旱地约100亩。大部分是肥沃的黑色土壤、红色土壤。如果能把这些地充分利用，就能获非常多的经济利益。

山上碧油油的草是发展畜牧业的好去处。有草地约2000亩，可养殖牛、羊等，比如奶牛、绵羊。而这些动物可驱至山上（或说村庄周围），由于很少有凶猛的野兽，所以无需人太多的看管。还可养鸡、鸭、鹅、猪等，它们的饲料可大部分来自植物的根、茎、叶，无需太多的人工饲料。因此能方便地同时饲养很多种畜牧禽，而且饲养费用较低。

可大量地发展渔业。在山势较高处有一面积约30亩的天然湖。实践证明，湖中养殖各类鱼，一年半载长得既肥又壮。另还可把一些水田改造成池塘。而养鱼又无需人们太多的照顾，也根本无需人工喂料。所以是一项很经济的开发项目。

能栽种多种水果。事实证明，在此地栽种偏于喜阳的果树，都有好收成。特别是水蜜桃、枇杷、杨梅、柿子等，等到收获时，橙黄橘绿，硕果累累，真令人垂涎三尺。另外，不能不提的是竹竿。这儿随处可见一片片修长茂密的竹林。竹林

是一大经济资源，竹竿可加工成工艺品，竹笋是具有丰富营养的爽口的食物。总之，像这儿流行的一句话："果树任你栽，果实任你采。"

栽培香菇。香菇是营养价值很高的极受人喜欢的特产。利用此地山上的资源优势，栽培香菇是件操作方便、成本低廉的事。保守地估计，经烘干的香菇每公斤30元左右（其实市场上出售的远不止30元），一年若收成上千斤，则得几万元。种菇是此地农家致富的主要来源之一，若能大量栽培，经济利益相当可观。

开发利用林木资源。有23000亩森林，一大部分是郁郁葱葱的大树，如松树，还有栽种的杉树等。林木的存贮量多得难以估计。可惜这些林木没有很好地开发使用，而经常被外地人乱砍滥伐，由于没有森林管理人员，那些偷木者非常猖獗。如果能合理地利用，又及时地植树，那么这些林木，毋夸张地说，就是摇钱树。

因此，斗湖村具有得天独厚的资源优势、巨大的经济潜力。但至今未能得到有关部门的重视，未能开发利用。那么，相信，有识之开发商，一定会慧眼识珠，看到山中这个价值连城的"璞玉"。

四、预想电、交通的解决方案

与斗湖村相隔最近的村是福清后溪村。至于我们的位置，好比一座山，斗湖村在山顶，后溪村在山底。二村的空中直线距离约3公里。而后溪村有电，有公路，所以解决电与交通的问题最容易，最经济的办法是与，后溪村的连接。

首先说电的问题。估计只要两个高的电线塔，一个立在后溪村，一个立在接近斗湖村的山上。在接近村庄的地方，地势是平坦的，只需用一般长短的电杆。这样，在后溪村电经升压后由两个电线塔牵连，再降压后由电杆连至各用户。对这个设想，地理位置绝对不会碰到什么困难；技术问题，在目前科学技术水平下，是完全可行的；经费问题，大胆估计，一般不会超过 100 万元。

再说交通问题。电解决了，交通也易解决。但本设想不是修建马路，而是设想用空中游览电车。如山东泰山、北京香山的游览电车一样。因为电线塔很高，所以电车之间的线轨也可通过它们牵连（当然，高压电线与电车之间的安全措施须考虑）。修建游览电车应该相对容易。而且建成后有很多优点：方便，运人、货物无须人像司机一样操纵；时间短，空中两点直线距离不长，不必花很多时间；成本低，电线塔两用，大大节省经费开发；灵活，运人速度可慢，运货速度可快。

此设想可耶？可经专家论证，但相信有可行性。

五、呼唤有慧眼之士的到来

斗湖村有丰富的资源，巨大的经济潜力，它好似一座矿藏，储满了金子，但由于无电、无交通便利，目前二十几户人家差不多全搬居外地了。那么，难道让金子白白地变成废土吗？

斗湖村是块金子，具有智慧的人们，去开采挖掘吧！

野　花

　　北京航空航天大学的校园里除了有各种各样人工种植的
花外，还有很多五颜六色的野花。

　　我爱校园的金灿灿的野花。

　　因为她们缀满校园的草地，玲珑剔透，活泼可爱，像繁密
的星辰闪烁着熠熠的金光，又像妍媚的女孩，从善睐的明眸中
送出脉脉的秋波。

　　它们的倩影处处可见，在路旁，在草圃中，在树根间，在
石缝里。倘若你散步悠游于学校的晨读园，主楼前面的草地，
或者十三楼对面的绿园，即使你是个粗心的人，你也会看到那
或高或矮，或丛密或稀疏的野花。

　　它们是多么逗人喜欢的啊！橙黄色的花瓣细细的，亮丽
的，溢出鲜艳的光泽；花瓣又一片一片地围成圆形的花朵，恍
如仙女巧手编织而成的小圆盘。又恍如鬼斧神工般雕刻而成的
精细的花样。你看了会目眩心醉吗？这时，你或许会情不自禁
地想起"接叶连枝千万绿，一花两色浅深红"的玫瑰，想起"天
香夜染衣，国色朝酣酒"的牡丹，想起"连天莲叶无穷碧，映
日荷花别样红"的荷花。然而，你知道吗？玫瑰容易勾起人们
缠绵悱恻的情思，似乎又太多情了；牡丹显示出一副雍华富贵

164

的姿态，似乎又太高傲了；荷花的"出淤泥而不染"的素白，似乎又太冷艳了。只有这野花，以自然的朴实、清新，在你面前展开妩媚的笑容。清风吹来，她们还会向你鞠个万福礼，送你几缕飘飘的柔香呢。

有句俗话说："女孩爱插花。"可是，我纵便不是女孩，也爱花。每当放学的时候，或者背着书包去上课的时候，看到路旁的野花，好似碰见仰慕已久的朋友，总有一种深深眷恋的感觉。他们或者在萋萋的碧草中零星地舒展出几枝，构成万绿丛中几点黄的景致；或者一茬茬，一簇簇，好似要为地面添上一层金黄的颜色。我蹲下身，抚摸着这可爱的花儿，我的心旌上下左右剧烈地摇荡，这是无与伦比的绮丽啊！

清风徐徐地吹来，幽凉地吹拂着，野花便会摇颤着婀娜的细腰，欣喜地蹦跳着嗒嗒的迪斯科。

太阳冉冉地上升，温和地照耀着，野花便睁开惺忪的睡眼，畅快地聆听着嘤嘤的鸟鸣。

噢，野花！

当几声雷鸣震响在北京上空的时候，你们有奔走相告的气势，渴盼甘霖的到来。北京久旱不雨的干燥，使你们有点口渴了，你们要拼命地吮吸甘冽的雨水！我从图书馆跑向宿舍，看到你们，我照例停下脚步，任凭雨水淋湿我的衣裳。我发现：经过雨濯洗过的你们，更加娇艳，更加明亮！

噢，野花！

当我跨入编辑部的门槛时，我一眼发现是你们，神采奕奕地立在花瓶中，静静地看着我，看着万分惊喜的神态。花瓶中还盛着半瓶清水，或许是编辑部中的哪个女孩做的，为了给你们滋润，给你们营养。我想你们会永不蔫枯的，于这个子夜伴

随我完写这篇题为《野花》的文章，还有以后我所欲撰写的生命的赞歌。

噢，野花！

我观赏着你们，有着渊明赏菊、和靖观梅的同样的心境！看着你们，我会忘记聒耳的喧嚣，欣然享受静谧的酣甜。

野花，粉黄的野花，即使粗鲁的鲁智深、牛皋，也不忍心损伤你们一毫一毛，因为你们美丽，把校园装饰得绚丽多彩！

我爱这美丽的野花，更爱这美丽的校园！

窗外绿

课间休息的时候，我站在教室的窗口，看着窗外的绿色。

窗外的绿色映入眼帘，叫人感到轻松愉快，似乎能把学习的疲劳一下子减除了一大半。人的眼睛对绿色较之其他颜色是最敏感的，因此这轻松的功劳要归于那浓浓的绿意了。

刚刚上的那节课的内容是《普通物理学》中的第五篇"量子物理"。看那碧绿碧绿的树叶，一片片在风中颤荡，好像一个个在空中散射开来的粒子，缤纷、迷离。那是白杨树，在靠近墙壁约两米的地方，并列成一排排，整整齐齐。它们粗犷的枝干擎起如盖的密荫。今天是阳历 4 月 20 日，算是初夏吧，杨树从冬天的枯秃，到春天的吐芽抽绿，再到现在初夏的凝绿，生命显得那么旺盛了。

看那欲滴的叶绿，我的脑又发挥了联忆的功能。X 射线投射到那绿得光亮的叶子上，是否也会改变 X 射线的波长，产生康普顿效应呢？或许不会吧，康普顿先生在做实验的时候，我想，大概他没想到用叶子来代替研究一下。当然，现在来讨论这个是毫无必要的。然而，我突然发现，许多人认为枯燥无味的高科技领域也有与大自然一样的美，只要研究科学的时候，抬头看看窗外的绿。

看看窗外的绿，望望那深邃的蓝天，想想那浩瀚的宇宙。我们脚踏的是一个椭圆形的地球，地球在太阳系的中间，而太阳系又在银河系的中间，银河系外又有万万亿亿个银河系。宇宙是无穷无尽的，天体物理学的发展也是无穷无尽的。物理学家为了钻研探索宇宙的奥秘也竭尽了睿智，花尽了心血。正像爱因斯坦和德布罗衣研究波粒二象性的微观物理学一样。科学家们的精神是多么高尚的，他们有时工作到了废寝忘食的地步，把手表看成了鸡蛋；看到朋友留下的狼藉的桌面，以为自己吃过了饭；他们有时不注意服饰，显得有些邋遢。这样，"科学""枯燥""不美"，人们把这些词联系在一起，在他们心中，似乎是孪生兄弟姊妹了。是这样的吗？难道能收到鲜花的歌星、影星们才能与"美"相联系，而"科星"就不行吗？天文学家能比一般人更详细地观察到"海尔—波普"彗星和日全食同现长空的壮美的景观，能看到小行星"1997BR"或超行星的美的面貌……

那绿色，就这样使我浮想联翩了。

看那垂直向上的树枝长满着的繁密的绿叶，在轻风吹拂过时，一叶叶，像鱼鳞似的错叠在一起，摇动着婆娑的姿态。看

整个树枝，又恍如一个用绿叶编织成的长圆锥形的竹篮挂在树杆上，旋转着，旋转着，不慢也不快。这样，在眼前晃的是一团鲜润翡翠似的绿了。

窗外的绿色连接着天空，天空是蔚蓝的。望那云端的天空，我想起了美国的航天飞机"哥伦比亚"号、"发现者"号、"挑战者"号、"阿特兰蒂斯"号、"企业"号，还有苏联的航天飞机"暴风雪"号。校园的树是绿色的，校牌"北京航空航天大学"也是绿色的。我想一想自己，我和路上行走的人，和讲台上的老师，和教室中同系的其他同学一样是绿色校园中的一员。中国没有自己的航空母舰，有航天飞机平台吗？也没有。不过，相信，这只是暂时的，只要我们中国人继往开来，奋发图强，就一定能造出我们中国人自己的航空母舰，我们中国人自己的航天平台，就像让那腾起蘑菇云的震耳欲聋的声音响彻世界一样！而我们北航人，更应该承担起这样的历史重任。

想着，想着，心中感到有一份更重的责任了。

责任是什么？

为什么更重？

我又记起了昨晚给班刊写的但还未写的那篇文章——《年轻的梦魇》。前几行是这样的：

三十四个跳动的音符，谱写成一首340751班的歌。

我们要做膘壮的骏马，撒蹄奔驰于空旷的原野。

我们要做猛勇的鹰隼，振翅翱翔于高阔的蓝空。

我们要做斑斓的玛瑙，点缀装扮于绚丽的大地。

接下去要如何写呢？昨晚我没有把它写完。《大学生歌》

中唱"当代的大学生壮志凌云"，我们有昂首阔步的豪情，我们有冲向蓝天的希望。我们将来有可能在航空航天的高科技领域里开拓荒地，在科学的前沿阵地上打着持久战，那时或许会很枯燥，或许衣服会穿得有点邋遢，但我们不说科学的领域不美。尽管车间、实验室有机器的噪声，有机械油的脏与臭，在废寝忘食、兢兢业业地埋头在那车间、实验室的时候，我们可以高声地说：科学的领域多美啊，只要抬头看看玻璃窗外的绿色。

于是，我发现又有可写的东西了。

再看看那绿叶，片片像颤动着的朝气蓬勃的小生命，欲要飞向深邃的蓝天而去。我似乎感觉到，那一个个小生命，变成了一个个上面刻有"中国"的巨型火箭，遥遥直上……

秋风习习，送来沦肌浃髓的绿意的问候。窗外的绿，把天和地统一成了一个和谐的美了。

北京文艺台"乐海文潮"节目主持人访谈录

1996 年 5 月 6 日的晚上，清风淡淡，月光浓浓。北航校学生会文艺部邀请了北京文艺台"乐海文潮"著名节目主持人王炎、爱平来我校给大学生们作讲座。在主楼 125 教室，由文艺部部长陈女士主持。

在生动有趣的题为"诗歌朗诵的艺术和魅力"讲座后，我

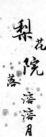

采访了他们，兹整理于下：

1.记者：也许有人会敲我的鼻子说我在吹牛或者在拍马屁，但我也喜欢北京文艺台，我的感觉是实事求是的。你们文艺台的影响很广，忠实听众很多，声音悦耳动听，令人如痴如醉，节目的内容丰富多彩，富有诗情画意，听了真是一种享受，特别是在睡觉之前，给人一种温馨舒畅的感觉。那么，你们能不能详细介绍一下"乐海文潮"节目的情况？

王炎、爱平："乐海文潮"节目一般在晚上 11：00—12：00 之间播出。考虑到这个时候大部分人即将入睡，是躺在床上听的，所以我们对音乐的曲调和诗歌的内容的选择是很讲究的。我们要创造一种温馨浪漫、柔和宜人的意境，使人在这个氛围中听后有一种逍遥忘我的感觉，从而消释一整天忙碌于学习、工作的疲劳。在播音工作方面，我们往往是直播，有时开通热线电话。要是哪位听众想点播哪一首歌，则打电话进来，由我们那儿的另外一个同事接电话，把歌曲的题目记录下来，然后递纸条给我们，我们会在一分钟内找到磁带，并放入录音盒，准备好。这个过程中时间是较短的，而效率是比较高的。

2.记者：你们觉得办这个节目的主要目的有哪些？

王炎、爱平：首先，刚才说过了，消减人们的疲劳。其次，我们在节目中穿插讲一些欣赏音乐和欣赏诗歌的知识，从而提高人们的欣赏水平。再次，在陶冶人们的情操之余，唤起人们对音乐和诗歌的热爱，从而激起他们对音乐和诗歌的创作热情，直至他们认识到文艺的重要性，积极主动地参与文艺创作，从而为社会主义精神文明建设服务，这也是此节目的最高宗旨。不过，说起来是不是有点太夸张了。

3.记者：我觉得作为节目主持人，在吐字清晰和口齿流利方面要求是非常高的。请问，对一个大学生来说，你们觉得在这两方面应具备什么样的要求？

王炎、爱平：口才、谈吐风度对一个人来说是很重要的，有不同容貌的独特的迷人的魅力。试想，面对一个妙语如珠、幽默、风趣的人，与面对一个沉默寡言、冷若冰霜的人，我们会有什么样不同的感觉呢？而我们更喜欢哪一种人呢？另外，在社会交际场合，讲话内容适宜、用词恰当、吐音清楚、音色圆润、音量适中，这些都有一定的要求。不同的情况留给人的印象不一样，造成的结果和影响也不一样。所以，人生活于集体关系网络之中，这两方面是不可忽视的。而对一个大学生，作为国家未来的人才，当然要求是更高的。那么，更应该有意识地在平时培养这些方面的能力，塑造一个完美的自我形象。

4. 记者：刚才你们说听众可以点播歌曲，那你们的节目是否提供听众参与的机会？比如，让一些爱好者走进直播间，参与朗诵或节目主持；或者听众可以把自己写的诗、演唱制作的歌推荐到你们那儿去读、去播放。

王炎、爱平：可以点播，但我们一般不提供让听众进直播间的机会。至于推荐诗歌去朗诵、去播放，则可以考虑。

5. 记者：如果谁要向朋友、同学祝贺生日呀等，想点播歌曲，则应如何与你们联系呢？

王炎、爱平：写信地址：北京建国门外大街14号北京文艺台"乐海文潮"节目，给王炎或爱平收都可以，邮编：100022。当然还可打热线电话，电话号码会在节目过程中向大家公布。欢迎大家与我们一起把"乐海文潮"节目办得精彩、火热！

为了一个芬芳清香的园地

——北航校园采访略记

　　让别的诗人去歌颂英雄和战争吧，我却谦逊地热爱着这生动幽静的地方。

　　　　　　　　　　　　　　　　　　　　——普希金

　　金秋，北航，清静，微凉。

　　主楼、图书馆前那美丽嫣红、惹人喜爱的花儿，透着丝丝的清香，你闻到了吗？

　　小小的树枝上那欢快的小鸟的清脆悦耳的叫声，你听到了吗？

　　那一枚枚写了诗的树叶，郁郁葱葱地挂满了枝头，你看到了吗？

　　小桥流水的池塘，静谧清幽的林荫小道，整洁宽阔的商业街，还有那一切的一切，便构成了北航一幅富有诗情画意的校园风景画。

　　继"211工程"之后，北航又迎来了一次令人瞩目的振奋人心的行动——校园文明工程建设！

　　北航以崭新的面貌接受了审查。经过此次校园文明工程建

172

设，又换了个生机勃勃的局面，就像一个如花似玉的少女披上了迷人的彩服，迈着轻轻的脚步，花枝招展地走近了。

舒缓优雅的求学天地，文明良好的校园秩序，几多让人憧憬，几多令人向往，又是何等的重要啊！基于此，学校在"211工程"后更上一层楼，进行了这次令整个校园重新焕发神奇光彩的活动。

走上商业街，给你一种整洁、全新的感受，而那装饰豪华的超级市场，使你仿佛身临其境于繁华闹街，超级市场，这是包含经济发展与产品商品化的字眼。这是社会主义市场经济体制下的中国在校园中出现的一个新的特色；这是神州大地的改革开放在校园中的一个清晰的映射——校园改革的新局面的突起。

过去，在那一条街上，横七竖八地摆着一个个小摊，卖烟酒的，卖蔬菜的，卖水果的，还有小吃店，等等，几乎无所不有。然而显得有些零乱分散，而且卫生很不令人满意。特别是卖蔬菜和卖水果的地方，果皮、渣物堆积满地，让人感觉很不干净。但是，现在经过了整顿，那些小摊全部撤走了，留下的是一条宽阔笔直的大街，能不令人高兴、能不令人鼓舞吗？

少了那么多的摊位，只把蔬菜、水果集中在一两家，学校如此做法，其影响如何呢？笔者走访了留下的那一两家的其中的一个菜摊卖主。他说集中在一两家上经济效益更佳，可是学生和职工买东西就不那么方便了，若是为方便大家生活计，还是以前那样更好点。但笔者在他摊位里转了一圈，发现所卖的菜品种多样，牌上标着的价格还是比较合理的。因此，从全方位局势考虑出发，权衡利弊，觉得学校做法较英明，虽然带来了一些消极的影响。

　　那么学校是如何安顿那些被撤走的摊位呢？而这些摊主有没有怨声沸腾呢？据介绍，笔者得知他们全部被重新安置在校园北门外，就去那里转了一圈。一卖鞋袜的老奶奶告诉我说，在北门之外，生意受到了相当的影响。可是如此做法，不得已而为之，老妪力虽衰，尚且能买卖，能挣点钱，补贴点生活，安心过日子，足矣。笔者到她摊位前，她仍满面笑容地询问要买什么，可见她招待顾客热情不减。另外笔者还看到一些人正在修设摊位、小房，那么将来这里也许会是学校的一个集中市场，但此且不论。据说刚开放的天苑楼也是学校建设的一部分，但不在笔者了解之列，亦且不谈。单说整顿商业街，怨声多起，阻力不少，但为了集体的利益，为了校园的文明，学校历尽艰辛，在所不辞，毅然做出了决定，给北航莘莘学子开创了一个更加优美的园地。

　　如此众多的摊位搬走了，而北航学生和职工的生活用品该从何而来呢？沿商业街继续往前走吧，你会发现一家装饰崭新的商店，那就是最近刚建立起的超级市场，一家新的连锁店。进入商店，豪华辉煌，令人耳目一新，有进入五星级宾馆之感觉。仔细观察那货架上琳琅满目的商品，包装精致，色彩缤纷，它几乎囊括了学生和职工的所有的生活必需品，从学习用具到日常生活用品，齐全多样。那么，该商店的性质如何呢？笔者采访了该店经理，她说该店是国有企业，而不是私人承包的，是过去那家商店的扩展、改建，而不是重新开立的，而所卖的东西是学生职工的日常生活用品，商品是不能随便进货的，像药品、彩电、洗衣机即使进货又有谁会来买呢？

　　是的，幽静整洁的环境是衡量校园文明的一个重要标志。整顿了商业街，建立了超级市场，学校的此次文明建设，如祛除少女的白皙皮肤上的瑕点，使之更加艳丽动人；如抹去冰晶玉石的尘埃，使之发出更加璀璨的光辉；又若奏响跳动音符的乐音，悦耳动听，使人心旷神怡。

天高云淡，凉风习习，一树的美丽，一地的金黄。走出超级市场，如沐浴春风，清新爽然，心旷神怡，不知不觉地，朝着那明耀的阳光方向走去……

摆梦荡秋千

年轻人怀有许多梦。"梦"是诗人钟情的字。

梦超越了现实，是美好的。比如可以随时在脑中梦想翠绿的山野，梦想紫红的野花，梦想火树银花的夜景。

说到梦，我想起了荡秋千。荡秋千，像摇摆着梦，是件多么富有乐趣的事！在大学校园的大操场旁有一秋千，常常见到有许多人在那儿来来回回地摆荡，留下一条条弧线呼呼地生风。傍晚的时候，夕阳淡红地染着操场，操场上人声鼎沸，有踢足球的，有打网球的，有打排球的，有跑步的，等等。去跑 TD 线的时候，看到秋千上的男孩、女孩或小孩在欢乐地摇摆着，未泯的童心在胸怀中迅速地跳动着，就想亲自试一试。于是跑完 TD 线回来，高高兴兴地走到这个"朋友"的身边。不管是认识的，还是不认识的，是男子还是女孩，彼此都没有顾忌，

忘乎所以地陶醉在乐呵呵的笑声中，偶有羽毛黑白的喜鹊在绿色的树枝上喳喳地叫，难道不是为我们的浪漫而喝彩吗？

岁月的哲思
——摘自自己日记的"绿柯小花"

一

轻轻地打开这本新买的日记，一丝丝清香扑鼻而来，就像芬芳的梦出现在静悄悄的夜，令我为之心醉。

翻开新的日记，打开充满梦想的心扉，把自己的心灵的语言一字一字地记在生活的诗页上。

日子如水情如歌，在每一天的欢笑中记下青春的绚丽。哦，写下一首首清新的诗歌，来颂扬生命的花朵的美丽吧！

生活是一本小说，充满人生的喜怒哀乐，我们生在这幸福的年代，我们应用毫不保留的热情拥抱阳光的灿烂。呵，愉快的日子哟！

二

窗外淅沥的雨声勾起我重重的回忆，回忆童年的笑声，回

176

忆童年的岁月……

心情像一只风筝，在无边无际的天空中飞翔着，飞翔着……

日子的书本一页一页地翻过去，梦在金色的小河里吹腾着青春的躁动。

太阳升起又落去，花开花谢，我在长大，我的翅膀在腾飞，飞向那充满希望的天空……

我想用绵绵的思绪写出一本名为《宁静的岁月》的诗集。哟，书的朋友！我们回首相对，看看微笑的脸，幻想着岁月的时光的美丽，我们轻轻地呼唤着生活的名字。水在流，花在开，我们的微笑在清新的眸光中化成一朵白色的浪花，流在希望的河流中……

三

我是一颗星，在梦的夜空中闪耀；我是一朵云，在青春的大海中映影。哟，人生，如此般美妙！

祖国是一片阳光，温暖着大地上的人们，我是一棵小草，在阳光的沐浴中长大。让我用小草的绿色点缀着祖国的春天的风景。

用我的双手创造人生的快乐，让收获的果实吞噬空虚的懊恼。花散一缕香，我发一声笑，鸟在歌唱着日子的轻松。我用一滴汗填满忧伤的心灵的皱纹，哦，微笑在脸上跳舞着！

对朋友的思念像河水淙淙地在光阴的小河中流淌，源源不断地……

四

我是一个潇洒的男孩吗？用心灵的热望和青春的智慧在人生的坐标中定格，我相信自己的美丽，相信自己能够在有风有雨的日子中战胜年轻人的烦恼和忧伤。

我的日子是浪漫的吗？曾经也和漂亮的女孩，在舞厅中听柔曲新歌，在草地上谈美丽的童话故事，在小湖中划舟游玩……然而，一些浪漫迷人的光阴过去了。我能再拥有浪漫迷人的时光吗？常常也有心灰意懒的时候，梦想着遇见一个真心喜欢的伊人，能够一起走过那欢乐的人生。

岁月哟，岁月的梦像星星，在心灵的希冀的空中闪耀。或许在那人生的不经意的时刻，一个心爱的她向我悄悄地走来……

五

岁月教我读懂一首古老的歌，我在微笑的空间中摇摆着青春的摇篮。

时间挂在明月的边缘，唱着一曲叫忧伤的歌。我预卜着未来的命运，愿美丽的花充满人生的一路。谁不懂得快乐的光阴的享受？只是人不能都在快乐的河中游泳。社会的形势催着人在路上不断地奔驰。现实割断金色的梦延伸，一个断口横在心灵的深处。

黄昏的夕阳张开翅膀，欲飞到那个宁静的梦乡。月亮的唇涂满了口红，在望着那个在黑暗中踽踽独行的路人。

我把眼泪变成清晨的露水，缀在花蕊的中间。我笑了，但我又哭了，我把一个甜蜜的吻写在绿叶的脸庞上，绿叶沉睡了，我也沉睡了。

六

用我的喜悦吹响一支逃脱的歌谣，逃脱那负重的思虑。

我愿做一个没有家园的漂泊者，在那弯弯曲曲的小路上，追寻一个圆形的梦。

我愿做一粒没有重量的尘埃，从空旷的原野飘到一个农家的庭院。

你是春风吗？吹在初春的宁静的夜晚，在那庭院的屋檐流下几滴我的思念，你是否听见了？

自己是一个没有伴侣的人吗？我在想念一个心中的伴侣的出现，可伴侣在何方，在何方？

遥远的地方传来一声不知名的情歌，在耳畔开出一朵朵思恋的花。我在大海的帆船上做一个流浪远方的旅人

七

划着希望的桨橹，搏击在风雨交织的人生长河，我荡漾向宽阔的彼岸土。

用温馨的月光笼罩日子的碧野，我畅想生命的豪情。一滴露水，一片阳光在绘画成命运的图案；握住命运之船的舵向，我们的幸福掌握在自己的手中。厌恨虚伪，厌恨喧烦，厌恨冷漠，追求那美丽的彩虹，成功的喜悦显现在面前的案上。

梦想一个心灵宁静的休憩地，寻觅一个彩色美丽的贝壳，用青春的明净的湖水洗去日子中蒙着的尘垢，呵，欢乐的年轻！

没有烈酒的醉意，没有窒闷的悲苦，张扬那理想的旗帜，在人生之路画着一张张咏颂年轻美好的彩图，我高兴，我欣喜哟！

八

我厌恶人群的喧嚣，我向往海滩的宁谧。任一丝丝海风吹扬我的头发，我凝眸远眺海面的蓝色。一只海鸥飞翔在思绪的空间，身边似乎飘来一缕芳馨的花香。阳光洒在身上，温暖我冰冷的心，我在冥想着一个美丽的女孩。

九

咏哦着一首新诗，一句一句。

品味着一篇韵文，一段一段。

默读着一封书信，一页一页。

时光的翅膀腾飞而去，奔向遥远的地方；斗转星移，重复着明亮和黑暗。

思想的花瓣在日子的清风中摇颤，哲学的智慧铸就了人的坚毅的品格和雄浑的气韵。坦荡、豁达、乐观、豪爽，这是人生的快乐的因素。

根深叶茂，这是生命的旺盛。

花红草绿，这是春天的活泼。

在生命的驿站，攫取灿烂的景色，花的馨香给你带来意外的欣喜，歌的清悠给你舒适的享受。

感情的细线，缠绕生命的圆柱；爱意的清水，充盈生活的皱褶。呵，金黄的阳光照耀着的日子，生命的绿树显得郁郁葱葱。女孩是花，点缀了梦的斑斓；男孩是歌，感染了心灵的欣悦。

十

我像一颗星，昼没夜出，在宇宙的空间行走着既定的轨迹。轨迹，那只有自己才能找到的行踪，直直曲曲，曲曲直直。

我愿做池塘的蝌蚪，和众多的伙伴无忧无虑地嬉戏，在水中自在地游闲，尽情地开怀畅笑。

我愿做秋天的桂花，传播着馨香，黄蜂陪伴我走向冬天的季节，一路唱着"青春无悔"的欢歌。

笑吧，笑吧。

我要笑在温暖的春天，笑在溽热的夏天，笑在清凉的秋天，笑在料峭的冬天。

春、夏、秋、冬，四季的脚步噔噔地爬上岁月年龄的楼梯，我不忧伤、沮丧，我愉快、喜悦。

笑吧，笑吧。

时间的姑娘在向我妩媚地微笑。在这个年轻的季节，我该用青春的心情去流浪……

一件平凡小事中的伟大

　　这是一件极其平凡的小事，却萦绕在我心怀，揪着我的心弦，激动不已。它平凡，却包蕴着伟大；惯常，却闪烁着非凡。

　　大三暑假，从北京航空航天大学到一个位于沈阳的工厂实习。1997年8月29日上午，班上决定去听讲座。通知说早上7：40集合。一时疏忽忘了问清确切的集合地点，只问一个同学说是不是仍在前天去参观的那个集合地点——厂东南门。他或许没听清，模棱两可地回答。我想应该是。

　　到了早上7：40，可东南门这边没有同学的一丝踪影，我愈等愈着急了。这事问无关的人也只是徒劳无益。于是，跑到机加厂厂办去找负责实习事宜的一个姓陈的老师。

　　当我急匆匆地找到厂办时，那位负责老师却正好不在。我说明来意后，厂办所有人从桌面上抬起眼睛，关切地问我一些信息，欲尽心竭力地帮忙，但所有人都不知讲座的地址。之后一个三十岁左右的男士领我到隔壁去问，但所有人的人也都摇头。这时，从中走出另一个五十多岁的男士，脸上溢着春风，仁蔼、关心地询问我。我提供不出更有用的信息，他急人之所急，立即拿起电话筒，打电话到各处去问，过了约五分钟，放下电话筒，似乎爱莫能助，一筹莫展。

"你还知道不知道这儿另外带领你们实习的人？"他问。

"有一个，好像也在这个楼工作，姓吴，但不知他在哪个办公室？"我回答。

"姓吴？这儿没有姓吴的。你还知道他是干什么的？"

"我不清楚。"

"也不清楚！"他似乎比我更着急。

我说："如果找不到就算了。"我想，一个厂这么大，谁知道有什么讲座不讲座的。

"不行！不行！请等一下。"可以看出，他有找不到决不罢休的意志。

我被深深地感动了。伫立在那里，我仿佛看见了他心中坚立着一座为人着想，乐于助人的伟大丰碑！

也许他往每个分厂都打电话询问过，过了约五分钟，他放下电话对我说："在培训楼四层。"

我正想开口说句谢谢，他先开口："快去！快去！"

我拔腿就走，我想"谢谢"这个词能表达的谢意轻得还不如鸿毛。小事积累成大事。他们厂的人对一件小事都如此重视，何况大事呢？

这是一件平凡得不能再平凡的小事，但却清晰地反映出该厂的精神面貌，反映出厂里职工的品质。这品质，崇高伟大，气撼寰宇，光芒四射！

衷心地祝愿工厂欣欣向荣，蒸蒸日上！

时代的缩影，友谊的结晶
——梁晓声小说《年轮》读后感

　　梁晓声的《年轮》像一支大小调齐全的牧歌，回响在时代的旷野。它展示了那个时代人生岁月的愉悦和哀伤，深刻地提示了社会上存在的种种现象，给人以启迪、反省。它气势磅礴，撼人心魄，读罢令人思绪万千，心潮澎湃。

　　《年轮》洋洋洒洒62万字，主要描写了中国社会四个历史时期的典型特征："三年困难"时期、"文革"时期、20世纪70年代末80年代初的经济繁荣时期和改革开放时期。作品描绘了"三年困难时期"给人民生活造成的重重困难，描绘了"文革"时期红卫兵串联和夺取政权、知青赴北大荒开荒的情景，描绘了拨乱反正社会上"神情恍惚，混杂着苍凉，又充满幽怨和种种强烈的希冀"的人们的生活史和创业史，描绘了90年代经济洪潮波澜壮阔前行时人们生活的横断面。它真实反映了各个历史时期社会的面貌，热情讴歌了中华儿女自力更生、艰苦创业的优秀品质和改革开放时期建设经济的勇敢。《年轮》是一把辉映祖国蓝天的熊熊火炬，是一首感情真挚的史诗，它咏赞祖国走向灿烂明天的恢宏，它吟唱祖国前进的豪迈和英勇！

小说以明暗两条线索展开故事情节。明线是六个主人公——王小嵩、吴振庆、徐克、韩德宝、郝梅和张盟的人生成长经历。暗线是他们的爱情发展。明暗两条线索的交替发展，栩栩如生刻画和提示了人物的性格特点和时代的典型特征。

　　六个主人公中首先说王小嵩。他勇敢、顽强、坚韧，虽然后来暴露出崇洋媚外的懦弱的心态，但又能深刻反省，做事明智果断。念小学时，正值闹饥荒，家庭贫困，但他与勤劳、节俭、善良的母亲一起千方百计地渡过难关，还竭力帮助饥饿的老师。在北大荒他积极、主动、活跃，后来上了大学。之后又经历了小姨之死、母亲眼瞎、自己失恋、闯荡国外、重新回国等事。他体验了人生的艰辛和劳累，品尝了人活于世的酸甜苦辣。坎坷的人生铸就了他刚毅、坚韧的品格，他是当代人物的一个典型写照。

　　再说吴振庆。他吃苦耐劳，上进心强，雷厉风行。在抗饥荒和北大荒期间，和王小嵩一样表现出坚忍，年龄比别人大，乐于居大哥之位，关心、照顾别人。他干过拉车上坡的营生，干过换煤气的工作，后来当上了总经理，表现出极强的工作能力。与日本公司谈判时，他雷厉风行、睿智聪明，谈判破裂后，宫本企图收买他，但他果断地拒绝了。他身上闪耀着许多光辉的品质，是作者极力歌颂的人物之一。

　　接着说徐克。他在饥荒、"文革"和北大荒时期同样具有坚忍的品质。但他又有一些小缺点，好占小便宜，可以从抢豆饼之事看出。20世纪八十年代他在城市经营服装发了财后，表现出极强的爱慕虚荣、好于显富比阔的心态：与人争买一只对自己毫无用处的猫头鹰，是为了争口气，高价收买"女奴波琪儿"画，买维纳斯像，书橱里摆了不少名著，可他连托尔斯

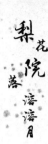

泰的国籍都不知道。他挥霍浪费，直至财尽家破。但后来又一次去深圳发财后，变得务实节约，并在经济上为朋友救济困难。徐克与其他主人公相比，有其鲜明、独特的性格特点。

韩德宝，乐于助人，处处为人着想，严己宽人，有典型的好人形象。闹饥荒期间他把豆饼分给同学和老师。后来当上了人民警察，工作兢兢业业，维护了人民公安的威严形象。直至最后以身殉职，是一位"人民的好公安"。

郝梅，善良，勇于上进，富有正义感。后来她不幸沦为哑巴，但没有被命运打倒，服装设计得了头奖。走出女儿骨癌夭折的哀痛，成了作家，与老潘结了婚。

张盟，其性格从开始的庄重、傲慢逐渐变为重情谊，从脆弱转变为坚强。

纵观六个主人公的性格，有共同点又有不同点。他们都经历了磨难岁月，最终走向成熟。他们是整个社会人物的典型代表，因而可以说《年轮》是时代的缩影。《年轮》热情地赞扬了这一代人的友情的真挚，在苦难的岁月里，友情更显示出宝贵的价值。因此它又是友情的结晶。

作者梁晓声是作品主人公的同龄人，他本身经历过"三年困难时期"和"文革"，也曾作为一名知青去过北大荒。后来入上海复旦大学中文系学习。作品主人公的人生经历与他有极其相似之处。

一部烙上时代印记的好小说是一个伟大的历史导师，它能警示人，鼓舞人，启迪人，鞭策人。人成长于社会，在自己的脖子上插上了草标就成了时代的商品。可以说《年轮》是我们这个时代不可多得的力作。

人具有自身的"素数"，又具有时代的"约数"。《年轮》

则把"素数"和"约数"有机完整地结合在一起。一言以蔽之，《年轮》这部小说是：

时代的缩影；

友情的结晶！

学会数字化生存——睿智的忠言

——《数字化生存》一书读后感

被称为"数字化的传教士"的美国麻省理工学院教授及多媒体实验室创办人——尼葛洛庞帝，在《数字化生存》一书中对当今发生日新月异变化的信息数字化革命，发表了精辟独到的见解。读完该书，令人耳目一新，它如温润之碧玉，色泽耀目，如梨花之馨，芬芳淡雅，渗肺沁腑。

如今，信息高速公路的迅猛发展带来了人们学习方式、工作方式、娱乐方式的全新的变革。电子书、互联网络、电脑制图、人类通信和互动式多媒体等崭新体系结构的建立，使比特（即数字化信息的传输方式）逐渐取代了原子（即较为形象的信息载体，如报纸、杂志、书籍等），成为人与环境相互联系的"信息 DNA"。多媒体科技的发展，有可能使人类创造出完美的人性世界，使人类体验到人性化界面的优越。现在我们生活中的 CD 盘、录像带、电子游戏、电脑音乐、数字化电视和数字化通信等新电子表现主义在缔造着一个数字化家族。正是这样，生存的概念产生了新的定义。很难想象，人们在未来的社会中离开了数字化生存，能怎样适应生活？数字化原理，如作者说的开放式体系结构，可升级性、互用性等，有其他的手段不可比拟的优点：方便、灵巧、轻捷、集中等。那么，数字化生存的特质是什么呢？作者在"乐观的年代"一章节里归之为四点：分散权力、全球化、追求和谐和赋予权力。

数字化的好处显而易见。作者说其最明显的是数据压缩（data compression）和纠正错误（error correction），掌握了一项数字化技术，有可能像"突然掌握了制造意大利布奇诺咖啡粉的诀窍"，达到成本低廉、品质又好的效果，从而获得可观的经济效益。

道格拉斯·亚当斯说："《数字化生存》一书使人眼界大开，它对于与通信产业相关的人都是必读之书。刚好，它又是那么有趣。"《纽约时报》也高度评价了该书，说"尼葛洛庞帝提供了对数字化的未来深入精辟的见解和令人吃惊的预见"。而作者本人说："在广大浩瀚的宇宙中，数字化生存能使每个人变得更容易接近，让弱小孤寂者也能发出他们心声。"是的，数字化生存是人类战胜自己历史上的一项惊天动地的飞跃，使人类在广袤的世界上摆脱一些非数字化所带来的时间和空间的束缚，这正如在迷惘中找到了一份光明，在凄怆中找到了一份温馨。

作者独具匠心、标新立异地指出："计算不再只和计算机有关，它决定我们的生存。"管窥蠡测，只如坐井观天，学会了数字化生存，便能轻轻松松地眼观六路，耳听八方，游天下，知天下！

学会数字化生存，这不是睿智的忠言吗？

EOCC 老生如是日

一、凝望心灵历程

曾经还烂漫地唱着一首首欢乐的歌谣，曾经还蹦蹦跳跳地穿梭在葱绿的校园里，曾经还梦想着童心未泯的憧憬，不知不觉地，荏苒的光阴把岁月的韶华慢慢地消融。从 freshman 变为老生了，蓦然回眸，凝望大学里走过的那段道路，离别的情愫肆无忌惮地在心里滋长。

大学的校园是一块旖旎的绿洲吗？毋庸置疑，无须用泰勒公式来推导，无须用拉格朗日方程来解答，人人可以从生活的足迹里寻觅到满意的答案。因为这是年轻人的特权。抑或你是多愁善感的女孩，抑或你是潇洒倜傥的男孩，只要你能承受得住生命之轻重，绿洲的风景便自然而然地馈赠你独特的自豪。翻开飘着香味的带锁日记，把心底的秘密悄悄地写进，你让遐想的翅膀逍遥自在地翱翔，冥冥思索着，冥冥思索着为什么魂牵梦萦的青春总是一个失眠的雨季。看庭花溅泪，对月低吟高歌，总控制不住一次又一次黯然神伤的揪心。或许曾经海誓山盟过，珍藏了一个个刻骨铭心的记忆；或许曾经穷追不舍过，演出了一个个悲欢离合的故事。其实，青春的模型里镂刻的是

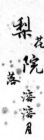

千奇百怪的图案。把自己打扮成一个写生家，在自己的画册上素描着自己的画像，我们愿涂上斑斓的颜料吗？

皓月当空，清辉皎洁的夜晚，宁谧的校园里总有那道卿卿我我、搂搂抱抱的风景。凉风习习、杨柳依依，情侣们有的在如茵的草地上嬉闹耍笑，有的在绿色的长椅上相拥相倚，有的吮着冰激凌、吃着巧克力、嗑着瓜子。处在这般染绿的年龄，已不是情窦初开，而是情窦怒放了。在斜阳脉脉的黄昏，特别是周末的晚上，13 楼门前衣冠楚楚的男生可谓人头攒动，简直把阿姨忙得晕头转向。传呼机的话筒里传出"在"，男生便喜形于色；传出"不在"，男生便愁眉不展。晚上恋恋不舍地窃窃私语着，听到一声"吱嘎"的关门声后，女孩才回头一望，惊呼着："11 点到了，阿姨要关门了！"

有时连自己都感到莫名其妙，好像心里在企盼着什么，等待着什么。企盼着心中伊人的身影？等待着心中伊人的来信？明明知道如果有来信，取信的同学会送到自己手中，却情不自禁一次一次地问："有没有我的信？""有没有我的信？"吃饭、上课、做作业、睡觉，时时刻刻心里都在涌动着思念的情感。成双成对地去吃饭、去自习、去逛街，总觉得还不够。插上耳机，听着孟庭苇的《羞答答的玫瑰静悄悄地开》，听着老狼的《模范情书》，听着张信哲的《爱如潮水》，眼泪油然地婆娑着、婆娑着……

二、追溯奋斗步伐

不要把现实当成海市蜃楼，天天背着叔本华"悲观论"的包袱；也不要无端地强加现实，套上华丽的伪装。莎士比

190

亚说："用眼睛聆听，这才是爱的睿智。"抛弃迷惘和惆怅，注入执着和热情，信不信由你，灵魂的慰藉偏爱了孜孜以求和兢兢业业。

晚霞绯红的黄昏，看夕阳的余晖从天边消失，我们感叹着光阴似箭，日月如梭。当夜意姗姗而来的时候，不得不关掉宿舍里的电视，"吻别"精彩绝伦的足球赛。有 cET-4 呀、CET-6 呀、计算机等级考试呀、考研呀，赶紧背上沉甸甸的书包，奔赴灯火明亮的教室。"供需见面、双向选择"，站在新世纪的门槛上，强手如林、竞争激烈的时代使我们在学习的道路上跑得气喘吁吁、精疲力竭。要想眺望巍巍矗立的科学峰巅，自然要站在凌云摩天的瞭望台上。我们会为囊萤夜读、凿壁偷光、闻鸡起舞、卧薪尝胆的精神而感动，追溯几千年文明与野蛮共存的时代，我们也会颂扬着原始人类的燧石击火的聪明智慧。历史演变到今天，我们呢？建设有中国特色社会主义的重任落到了 20 世纪 90 年代"天之骄子"的肩上。

在这所群星荟萃、人才辈出的航空航天大学里，你会感到无比的骄傲和自豪。北航的校训是："勤奋好学、艰苦朴素、全面发展、勇于创新"。古训曰："勤能补拙、俭能致富。"从容地漫步在草木茂盛、鲜花盛开的校园里，你会看到勤勤勉勉的北航人的倩影。置身于小鸟婉转啼鸣、垂柳婀娜飘扬、芳草轻盈摇颤的交流厅前晨读园里，琅琅的读书声清新盈耳，让你心旷神怡。倘若在春天，繁花盛开，丹葩间绿，笑靥迎人，可以毫无愧色地说这儿是个姹紫嫣红、色彩缤纷的花园。坐在檐角突兀、轩榭辽阔、粉柱斑驳的六角亭里，把书放在膝盖上，聚精会神地把文字的深邃含义细心地揣摩。假如煦风拂面、桃花送香，你会感到心醉神酣吗？

或许你会喟叹着生命的壮丽：如蛾出茧、如鱼翔底、如鹰搏空……晨曦熹微之时，寂静的校园一下子变喧腾了。在辽阔的操场上，一边做着早操，一边欣赏绚烂的朝霞。想象昨夜或许繁星点点，梦在蜿蜒的小道上延伸傍晚之时，沐浴着灿烂的阳光，跨越过 TD 线，又再次播撒一个青春的希望。白色的足球在空中飞旋着，球迷们呐喊着，那声音足以撼心震魄、惊天动地……

北航人勇于采撷生命之花的美丽！

北航人善于嚼碎生命的慵懒！

读书积德。北航人有着热爱航天的炽热情怀。《格言联璧》中有段话：

以诵读为耕耘，以记问为居积，

以前言往行为师友，以忠信笃敬为修持，

以作喜降祥为受用，以乐天知命为依归。

不去说古代的陶俑、玺印、简牍，单说这段格言，足以有资格使今人细细地咂摸。

校园的每一片绿叶记载着北航人茁壮成长的历程……

三、抒发飞扬壮志

老生了，老生了。老生真的老了吗？老生喜欢这样说：

Explore（探索）。唯有探索，才能经天纬地。

Overcome（战胜）。唯有战胜，才能出类拔萃。

Create（创造）。唯有创造，才能继往开来。

192

Contribute（贡献）。唯有贡献，才能治国经邦。

一代又一代的北航人继嗣着北航的传统精神——EOCC 我记得曾经如此写道："试看那呼啸而上、直插云霄的火箭，试看那在蔚蓝的苍穹中隆隆向前的飞机，试看那在浩瀚的寰空里迅疾奔向目标的导弹，你会为那雄伟的姿态、壮观的情景、磅礴的气势而拍手欢呼，可你是否想到了它们也凝聚了北航人的睿思和血汗？"

E.O.C.C——老生如是曰。

拥抱初恋

我从来相信，初恋是一朵淡紫色的玫瑰花。

雨停了，太阳出来了，煦暖的阳光把我青春的愁闷融化。让自己的遐思在广袤的原野流淌，追寻着过去的零星记忆，我的心跋涉在初恋的河流里……

同学们都说要"潇潇洒洒星期六"。是的，大学的课程是紧张的。太阳和月亮赶走了缕缕宝贵的光阴，我自己也不得不像一台计算机，没完没了地运行着上课、做作业、做实验的程序。有位哲人说，执着的青春在于顽强地搏击浩瀚的苍穹。青春是什么？青春是人生的一道起跑线，让你冲向成功；青春是一个烂漫的憧憬，助你驶向辉煌；青春是一丝初恋的美丽，让

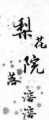

你品尝爱的甜蜜。

　　周末到了，把那本席慕蓉的诗集重新放回书架上，把那沉甸甸的书包挂在孤单而寂寞的墙上，我大步流星地迈向自由的空间。青春的情愫牵动了我爱的愁思，我轻轻地问自己：什么样的男孩才算是情窦初开的男孩？灵魂荡漾在思念的情怀里，或许那只翻跹的风筝在悄悄地告诉着一个男孩的心思，或许那对飞舞的彩蝶在唱着一首初恋的情歌……

　　傍晚了，夕阳的余晖依依地溜向遥远的地方。只有绯红的晚霞在羞答答地等待着多情的星星，或许情意笃深的星星会给她献上一个甜蜜的吻。

　　我徘徊在校园的道路上，不知为什么，心中总在蠕动着一种莫名的惆怅，连那绚丽的晚霞都无心欣赏。一个穿着长裙，留着披肩长发的漂亮女孩在我身边擦肩而过，她迈着轻盈的步伐渐渐地在我的视线里消失了。我伫立不动，不知道想些什么，也不知道该想些什么，只看见一片黄叶从眼前徐徐地坠下……

　　我回宿舍，抱着那把心爱的吉他，奔向校园的草地。我不愿让愁思折磨自己的心扉，我不愿让青春的抑郁盖住年轻的浪漫，我想躲避令人窒息的懊丧，我想逃遁令人麻痹的迷惘。弹了一首《在初恋的地方》，又弹了那首《爱的罗曼史》。凄切的吉他声回荡在寂静的草地上，我无法把男孩的心事倾吐。天渐渐地暗了，暮色把我的身体紧紧地包围，我撩拨了一下琴弦，一个单调的声音从耳畔飞向远方，或许飞向那一个个自己曾经流浪的地方……

　　黑暗逼我回去，我背着吉他，漫不经心地回到宿舍。

　　"今晚有个舞会，你去吗？"同室的一个同学问我。

"真的？在哪儿？"我有点不敢相信。

"当然真的，就在大学生文化中心，外语系办的。"他笑着告诉我。

我喜出望外，换上那套咖啡色的漂亮西装，把那双已经擦亮的皮鞋又擦了擦，两人吹着自在的口哨，兴致勃勃地出发了。

悠扬轻柔的舞曲弥漫在舞厅，淡黄柔和的灯光在无声地写着心灵的私语。

一座位上坐着一个留着齐耳短发，穿着蓝色牛仔背带裤的女孩。我的视线被这位娴雅亮丽的女孩吸引了，我走了过去。

"小姐，能请你跳舞吗？"我彬彬有礼地邀请。

"行！"她很坦诚。

在舞池的中间，我们随着音乐的节奏翩翩起舞……

"你舞跳得很好。"她说道，妩媚的笑靥辐射着女孩的令人心醉的魅力。

"你很漂亮。"我情不自禁地赞美。

红唇皓齿的她嫣然一笑……

"其实，你也很帅。"她说着，双眸盈情地注视着我。

那是初恋的眼神吗？那是令人陶醉的眼神吗？

"我是1994级的，在制造工程系，名叫明明，你呢？"我问。

"我是1995级的，读外贸专业，叫丽。"她温柔地回答。

"我很喜欢你这样的女孩。"我半开玩笑地说。

"真的？"她真心地流露喜悦，温情脉脉地凝视着我。

舞会结束了。突然，她挽住我的一只手臂，说："你是今生以来最令我喜欢的一个男孩。不过……我无法给你爱的温馨，因为……"她话没说完，就消失在擦肩接踵的人流里，消失在黑暗的夜色里……

怅惘的心潮在我心中汹涌澎湃……

夜完全是漆黑的一片，大地的一切凄凄黯黯。抑或，在青春的岁月里，伤心的泪水也是一道迷人的景致，把年轻的美丽镂刻在年轻的记忆里。

蓦然抬头，我发现天空上挂着两颗特别明亮的星星。我想，或许它们此时此刻正在告诉我：不要沉沦在过去的忧伤之中，要再次勇敢地去拥抱一个更加美丽的初恋。

喧闹，不失宁谧

谦虚是你的冠冕，自由是你不羁的灵魂。

就在这贫瘠而广袤的土地上，为你的上帝建造宝座吧。你知道，庞大的不一定崇高，骄矜的不见得永恒。

——泰戈尔

一抹金黄的阳光涂红了北航的校园。

伫立在巍峨的图书馆前，面对着鲜花锦簇的花坛，遐想翩翩。记忆的触角回溯到 1994 年 9 月 2 日的上午。那一天，清风温煦，阳光灿烂。带着实现了梦寐以求的夙愿的欣喜，第一次投入了北航的怀抱。曾在日记写道："当从熙熙攘攘的火车站挤出，正感到孤寂、落寞之时，突然看到新生接待处的笑容，

196

我找到了温暖与热情；当高高兴兴地跨入校门时，看到白杨婆娑、垂柳婀娜、喷泉溟濛、花卉翻红，我觅得了美丽与旖旎。这也是北航校园给我的第一印象。"

是的，北航是块地杰人灵的圣洁的土地！

你一定惊讶那在主楼前宽阔的广场上隆隆轰鸣的飞机。它们凝聚了北航人的倦怠和血汗，不也显示了北航人的睿智和聪慧吗？那如雷贯耳的轰鸣声震撼心魄，穿过青葱繁茂的树梢，擎举着北航人遨游蓝天的梦，载着北航人搏击苍穹的壮志，延伸向无垠的天际……或许，在不久的将来，在那湛蓝的天空里，将有北航人驾驶着中国人自己制造的隐形飞机在风驰电掣地飞行；或许，在不久的将来，在那清碧的高空上，那自由飞行的性能优越、样式新颖的飞机就是由北航人自己设计出来的。

北航沐风淋雨，整整走过了 45 个春秋。翻开中国航空发展的历史卷册，一定不难发现，在那辉煌的篇章上铭记了一个个北航的丰功伟绩。我们自豪，北航曾经把不同凡响的成就熔铸；我们骄傲，北航曾经把激昂的凯歌咏唱！历史的年轮驶到了今天——1997 年。这是个不平凡的一年。时代的不平凡也在北航人的心中激起了阵阵汹涌澎湃的波澜—昂首挺胸，齐心协力，顽强拼搏，乐于奉献，勇于攀登，为祖国航空航天事业的兴旺而奋斗！

"冯如杯"闪烁着耀眼的光芒。不止如此，全国"挑战杯"，甚至国际大赛的奖台上，都有北航学子英姿飒爽的身影。大学生意味着要义不容辞地担负起建设祖国的重任。北航人怀有雄心斗志，我们可以豪迈地宣言："祖国，请放心地把一部分重任交给我们吧！"我们的校训是："勤奋好学，艰苦朴素，全面发展，勇于创新。"是的，在焕发着生机的活力的北航校园里，哪儿找不到孜孜不倦的北航人的倩影呢？在座无虚席的图书馆里，北航人在全神贯注地研究着《飞机制造工艺学》；在灯火通明的教室里，北航人蹙眉凝思，挥笔疾书……鲁迅在文集《坟》中的《未有天才之前》一文里说过："天才并不是自生自长在深林荒野里的怪物，是由可以使天才生长的民众产生、长育出来的，所以没有这种民众，就没有这种天才。"民众的是北航人，天才的也是北航人。

——北航是喧闹的一片！

在"211工程"建设中，北航曾提到"以环境育人"。漫步在校园里，北航的环境使人流连忘返。在春天，学术交流厅前的晨读园里碧桃彤红，芳草萋萋，野花锦簇，有鲜红、粉黄、雪白、橙紫……可谓色彩斑斓、姹紫嫣红，你一定觉得这是个百卉咸集的花园。在夏天，绿园的河塘里小桥流水，清波澄明，荷盖叠翠，荷香沁腑，"接天莲叶无穷碧，映日荷花别样红"，有令人流连忘返的意境——"泉眼无声惜细流，树阴照水爱晴柔。小荷才露尖尖角，早有蜻蜓立上头。"在秋天，秋风飒飒，树叶飘飘，朝阳明媚，晚霞绚烂。在冬天，白雪飞扬，银装素裹，玉树琼枝晶莹剔透……啊，你看吧，北航是个多么美丽的校园！她像一颗瑰丽的珍珠，镶嵌在祖国的大地上！

——北航是宁谧的一片！

喧闹，不失宁谧。这是北航别具一格的特色！

后　记

　　写后记的心情与一个技艺娴熟精湛的演员成功演出后谢幕时的心情大抵是没有什么两样的。

　　所谓后记，顾名思义，是写在书后面的"记"。这"记"一般说来都是由书的作者完成的。记什么呢？鱼木鸟虫、世象沉浮、人生真谛、喜怒哀乐，可以包罗万象，囊括四海，写后记没有约定俗成的公式，全凭作者的意趣、兴致来决定。如果偶或心血来潮，来个哭喊叫骂，以博得同情，那我看读者也是无可奈何的，对作者无可控诉，无可诽谤。但我想，以这种矫揉造作来哗众取宠，会被读者唾弃，而我，不愿这样做，也没必要这样做。

　　正在读这篇后记的人，如果已在上面看过我的文章，心中一定会产生某些想法，想大议论一番。或许有的人以为所写的东西一文不值，想谩骂、嘲讽，并横加指责。或许有的人认为好，但也有美中不足之处；或者差，但差中也有美之处，想诚恳地提出建议。对这两种人的建议，我都洗耳恭听。或许还有的人比较喜欢我的文章，那么我想坐下来和他像朋友一样促膝长谈。

　　根据弗洛伊德的心理学，人在不同的年龄阶段有不同的心理特点，有的有可能是天壤之别的，孩童的天真烂漫与老人的老成持重明显不一样了。而像我这般刚刚跨过二十岁门槛的人，也许身上带着稚气和无知，可以说是处于天真与成熟之间。经过大学这座"炼钢炉"的几年冶炼，品格愈炼愈坚，意志愈炼愈强，差不多已倾向于成熟了。与中学相比，有脱胎换骨般的改变。对爱情，或许在中学时期的认识是懵懵懂懂、朦朦胧胧的，但可能在进入大学后，随着年龄的增长、人际关系网的庞大、阅历的提高、人情体验的加深，对爱情的认识会发生质的飞跃。

这种飞跃会是对爱情的丰富内蕴理解逐渐深刻，会对现实越来越注重。人是活生生的人，是处在人群里撞冲、推擦的人，不可能离开社会现实而存在。我如实承认这点，我自省一下，发现自己与刚进入大学之时明显不一样了。然而，梦想和憧憬，即使是现在，也仍然怀有；固然已经更注重了现实，少了些空想的色彩，但浪漫的成分不能说没有。其实，理想美妙、缤纷绚烂的色调可以说是愈凝重了。像《花季·雨季》《十六岁的花季》《男孩女孩》里的少男少女们一样，我们仍然怀有纯洁天真的性格：像出水芙蓉般的秀美素雅，我们的眼睛仍然是水汪汪的，我们的笑脸仍然是纯真的，我们的心灵仍然是清澈晶亮的。现还未走向工作岗位，心灵仍然少不了悸动和不安。青春的梦是斑斓而多姿的，青春的日子像阳光般灿烂，青春拥有草原的绿、云朵的白、玫瑰的红……青春的遐思流徙着，翻腾着，像森林里流水潺缓向前的小溪……采撷朵朵飘散缕缕芬芳的花瓣，生活的空间总充满了花香。大学的季节是对生活极为敏感的季节，对男孩子女孩子之间富有温馨的诗情画意的来往尤为向往。大学里的男孩、女孩们不像在中学里，彼此之间的交往躲躲闪闪，想躲过老师、家长严厉的目光，为了不受到"中学生不可早恋"的训责。有人说大学校园是"伊甸园"、"象牙塔"，是的，男孩、女孩们可以自由自在地写着风花雪月的故事，唱着花前月下的歌。抱着赭黄色镶嵌有银红色花纹的吉他，在嫩草成茵的绿地上尽情弹唱，是多么的闲情逸致；牵着翩跹飞舞的风筝在操场奔跑追逐，是多么的其乐融融；在曲调婉约柔和的舞厅里跳一支舞，或在如山崩地裂的节奏带动下跳一下迪斯科，是多么的浪漫欢娱。就我自己感觉而言，大学的四年是比黄金还贵的四年。大学时光是永生难忘永生值得追忆的时光。年轻的躁动在大学阶段最为强烈。我们多么渴望可以像电视连续剧《窈窕淑女》《初恋的季节》里的俊男靓女们过着如诗如画的生活。我们多么渴望自己是英俊潇洒的男孩或者天生丽质的女孩，然后变成形影不离的可以天天出双入对的爱情鸟，构筑着一个温馨的"感情巢"，过着男耕女织般的富有田园风光情调的生活。男孩、女孩们的思想除了学习外，莫过于对爱情的浪漫的希冀与追求了。说老实话，如果想到自己是孤身单棍，而又看到别的男孩腋下搂着个花容月貌的女孩，心中总会产生难以名状的感觉，孤独寂寞中还带着嫉妒。难免会诘问自己一句："自己是不是无能之徒，不然为什么会是光棍？人家就不是呀！"或者，还有这样的情况，在生活中的不经意间，如在公众场所、在活动场合、在路途中会邂逅到一个自己非常喜欢的女孩（对女孩而言，当然是男孩），但又没有把握好机会，很快失之交臂，只留下了"千古遗恨"。曾在报纸上看到这样一个故事：一个妙龄女郎乘一辆中型私人公共汽车时邂逅了一位潇洒的自己称心如意的男人，但是错过了机会，懊悔不已，后来登报招婚，欲重见其人，简直弄到了"为伊消得

人憔悴"的地步。至于这位女郎后来是否找到了那个男的，假如没找到是否会像杜丽娘一样，得了相思病，那我们不得而知。但这个故事能说明男孩女孩的一种心态。像这本书中的《拥抱初恋》一文，其揭示了主旨与这个故事有异曲同工之妙。我力求运用浪漫主义写法，以自己为人物对象，揭示出少男的处于青春期阶段的一种微妙的心理状态。不过，应当说明虽然此文归于散文集，却带有一些虚构和夸张成分。我把自己带进故事，想使文章的真实性强些。而现在我所担心的是，如果以后女朋友，或者我想追求把她变成女朋友的女孩，看到这篇文章后，会不会就由此推断我是个见异思迁、朝三暮四的男孩？我在《我是男孩》中说过，对真心喜欢的女孩，只愿相濡以沫、相敬如宾。我在此重申：文章呈现在读者面前的不应是个人狭隘主义的发泄筒。我遵循着这个原则，所以文章的思想内涵应在广义的范畴内论释。写男孩女孩思维驿动的文章在本书中占有一部分。在还没动手写这本书之前，我就给定了个书名《浪漫的星星》，心想"浪漫"不就是这本书所要表现的情调吗？而且，"星星"，让人遐想到夜空那忽闪忽灭、给人朦朦胧胧感觉的星辰，不也具有浪漫韵味吗？还配了句诗："宁谧的夜晚／一颗蓝色的星，圆圆的／亮了／在那浪漫的梦中……"想征询出版社编辑的意见，是否可以用在封面上。但左思右想，还是把书名改为《花季的梦》，至于缘由，以上冗长赘述的全是。不过后来又把书名改为《梨花院落溶溶月》，像在最开始的序言里所说的那样，我喜欢那"梨花院落溶溶月，柳絮池塘淡淡风"的意境，纵使有时有人有"悲欢离合，月有阴晴圆缺"的感叹，但始终怀有"但愿人长久，千里共婵娟"的希望……

　　我不是出身于书香世家，虽然自幼被爸妈视为"掌上明珠"，但并没有被溺爱成"衣来伸手，饭来张口"的宠儿，勤奋好学，升高中、进大学，立志"过五关，斩六将"，以大无畏气概劈波斩浪，拓展人生道路。在中学语文老师的熏陶下，养成了含英咀华的爱好。对语文很钟情，对文学作品亦酷爱无比。在上大学之前很喜欢做语文练习。有一件事记得很清楚：那是小学五年级的时候，老师给我们订了许多语文题集，我由于在学习上是班级中的佼佼者，老师问我想不想再另外多订几份语文练习题，我不假思索地点点头。那时数学练习、语文练习在案头摆了一堆，虽然我以非同寻常的速度做题，但最后还剩一本语文片段阅读练习未完成。最喜欢做这样的题目，而又没去做它，深感惋惜，遂放在书箱里小心翼翼的珍藏起来。后来上了初中，不知什么时候弟弟翻出来拿去做，我回家见状，大声号啕起来。我大发雷霆，举手便想打弟弟，弟弟被吓得面无人色，赶紧逃之夭夭。妈妈骂我又不忍心，向我道歉又不是，嘟嘟囔囔地说："上初中了，小学的书让弟弟用有什么可惜呢？比放在那儿让虫蛀更忍心呀？"那时我才十二岁，除了懂得哭以外，便不知道什么了。妈妈又忙这忙那地为我煮了一碗香味能让人垂涎欲滴的米粉面，并苦口婆心地劝慰。我最喜欢吃的就是米粉，我一闻到米粉的味道便会把恼怒忘却到九霄云外去，便会破涕为笑，抓起筷子就吃。她早就摸透了我的脾气，这一招立竿见影用就见效。其实，这不是说我不想把书让给弟弟用，而是对语文练习过于珍爱。现在想起来，总觉得那时脾气不好，但从一个侧面说明了我对语文喜欢的程度。还记得平生看的第一本散文集是《美的聚集》，里面收集的散文字字如珠玑，篇篇如锦绣，因而编者谓之为"美的聚集"；看的第一本短篇小说集是霍达的《红尘》，被其凝冻典雅的文笔，性格迥异、形

象鲜明、肉血丰满的人物所心悦诚服，惊叹其写作才能的高超卓绝；看的第一本武侠小说是金庸的《碧血剑》，心被其中惊心动魄的刀光剑影攫取，被主人公见义勇为的英雄侠义感动，也为他们的临危不惧的"侠客精神"叫好，当然也为他们有时濒于绝境的命运所捏把汗，那时手一拿起小说便忘乎所以地看，一气呵成！第一篇作文获奖是在初三，写的是美于亚运会精神的赞颂。那时正好国庆节放假几天，便在家里滥竽充数似的怀着满腔热血热情洋溢地咏赞着亚运会里顽强拼搏的精神和追求"更高、更快、更强"的品质。经过几次的涂涂改改和绞尽脑汁的思考，最后定稿，工工整整地誊抄好，等上课时，怀着惴惴不安的心情交给了语文老师。截稿日期已过了一天，我便不好意思地交给老师，说："老师，这篇征文你帮我……"老师看出我的窘态，摸摸我的脑袋，笑着说："好的，好的，重在参与嘛，亚运会不是也弘扬这种精神？不过，以我对你的了解，我相信你有竞争力的。"后来评奖揭晓时，榜上有名！记得那篇文章中这样写道："让我们高高地擎举起那熊熊燃烧的火炬，去照亮那有曲有直的跑道！跌倒了，我们不怕，再次爬起，以更加勇猛的力量，冲向成功的端点。我们高举火炬弘扬团结拼搏的精神；我们放飞鸽子高唱和平友爱的凯歌；我们齐心协力谱写辉煌壮观的历史！"之后便受到了老师的表扬和同学的赞誉，便对语文更加情有独钟了。在高中，又碰上一个对写作有深入研究，有丰富作文指导经验的语文老师——齐宗金老师，我的文学爱好又加深了一层，正如"锦上添花"。现在回想起来，可以说高中的语文老师对我在文学方面的发展有举足轻重的作用，我想不管以什么方式去千谢万谢，都不足以表达我心中对老师的谢忱。刚入高中不久，还不知道语文老师编书一事，有一次在一个私人的小书店翻翻，看到《高中作文指导100法》一书，拿起翻阅，不料看到"齐宗金编著"字样，在作者介绍里还有一张穿着西装的他的黑白半身照，心中一惊："这不是我的语文老师吗？"我二话不说，掏出钱，欣喜若狂似的对营业员说："我买这本书！"我想，有幸成为这样老师的学生，多自豪啊！这样想，便手舞足蹈起来，营业员以不理解的惊讶的目光看着我不太正常的举动。我对她说："这本书是我们语文老师写的！""是吗？"她张大了嘴巴。我蹬着自行车飞似的回家。刚到家门口，我就大声喊："奶奶，奶奶！"奶奶正在炒菜，以为发生了什么事，从厨房里跑出来，腰部还系着一块围裙，右手还持着一个瓢。爷爷在客厅里看电视，也闻声走出来。我拿出书，指着相片，跟他们说起的这件事。爷爷听完后说："不错嘛，'名师出高徒'，你应好好学。"接着我急不可待地翻读起来。后来在课后与语文老师聊天时，谈起了这件事，我说："语文老师，你怎么这么厉害呀！"他谦虚地摆摆手，笑着说："这没什么神秘的，'世上无难事，只要肯攀登'。说不定你以后'青出于蓝而胜于蓝'。"齐宗金老师谈笑风生，幽默风趣，每次与他聊天如沐春风，不但语文学习方法受到了点拨，而且对语文的兴趣也受到了一次一次的鼓舞。现在每每想起齐老师的音容笑貌，感恩之情溢于胸怀。在此祝他身体健康，教学顺利！并期待着何时能再次与他相见。

　　高三上学期有五门会考，其中含有语文。考完不久上语文课的时候，上课铃声未响，我坐在座位上背古诗《春夜喜雨》："随风潜入夜，润物细无声……"语文老师好像不厌其烦地逐一逐个问同学："怎么样？"他走到我身边，问我："怎么样？"我摸不着头脑，先问："什么怎么样？"他说："当然问你会

考了！"我这才恍然大悟，说："感觉不错。"其实，那是因为我感觉考得不错，高枕无忧了，便不想这件事，所以老师问"怎么样"时，我自然是莫名其妙了。假如考得不好，那便会牵肠挂肚，自然就不会这样。后来会考成绩知晓了，总分100分得了92分。

接着便是高三下学期。那时候是真正意义上的忙，秣马厉兵，准备冲锋上阵。那时争分夺秒地复习，用"废寝忘食"来形容是恰如其分的，面对孤灯白壁，手执课本试卷，每天晚上十二点准时睡，早上六点五十起床，用五分钟穿衣、整理书，五分钟盥漱，二十分钟吃饭，十五分钟骑车上学，七点三十五上课。那时到晚上十二点熄灯时，已精疲力竭，一盖上衾被，几乎动弹不得，一转眼间便睡着了。这样，每天都要午睡一小时，否则绝对受不了！但即使如此，也没时间去读课外文学作品，买书还是照样买，但只满足一下心理而已。

上了大学，那便对写作更加执着与热爱了。大学校园，很少有"英雄无用武之地"的现象，如果谁有才能、有潜力，却长吁短叹着什么怀才不遇，那我觉得是其自己没有把握好机会的原因，而不是学校没有提供其发挥潜能的机会。就北航而言，1994年将入学前夕，在招生简章上看到共有十八个协会，如飞机制造协会、计算机协会、蓝天剧社、"北航青年"编辑部、《小路》文学社等等。这两年呢，以我所耳闻目睹，新的协会如两后春笋般出现，一个个铺天盖地卷来，如新成立不久的红十字协会、心理学协会、天文协会、交谊舞协会等等，举不胜举，以我估计，新旧各协会合起来绝对不下三十个！不能否认，这里有泛滥成灾的危险，但总的来说一个人的兴趣爱好能在大学展示出来的。我喜欢文学，大学里又有文学社，那不是正合我意吗？如在《记者冥冥思》一文中所说，刚到大学不久，便加入了搞文学的行列，然后便成了记者，校园内一有活动，积极"请战"一去采访，东奔西跑，乐此不疲。大学的课程确实不轻松，就我所在的制造工程系而言，使人不亦忙乎？大二下学期考查课和考试课加起来近十门！这么多的考试全集中在期末，记得那时一同学带着憔悴的面容对我说："这简直快超负荷了。"可这有什么办法呢？我"同病相怜"之，却也无可奈何，只喃喃地说："天将降大任于斯人也，必先劳其筋骨，饿其体肤，行弗乱其所为"那么，忙是不是意味着我得放弃文学呢？非也。弃之不忍。我得挤出时同，把课外娱乐活动一部分时间占用过来。刚开始把名家写的文章拿来照葫画瓢似的模仿，经过一段时间后，方觉得离开了别人的扶持，自己独立行走，稳当多了。曾看过姜丰的散文集，她说她写散文没去考虑一定得遵循什么原则，非得怎么样不可，提起笔来，随心所欲，畅所欲言。我的观点是，应该认真学习老前辈名家们的写作经验，吸取文化精华，但不能囿于成说，不能落入俗套的窠臼里不能自拔。其实，我也喜欢笔随意到，文学是传达感情，表现人生的手段，刻意地追求一个文学标准，从某种意义上说，会限制写作思路的理膀的翱翔。

　　校内的文学社是学生社团。尽管学习课程多，尽管在文学社里工作占用了一定的时间，但是我还是觉得在里面工作有不可多得的收获。编辑部里浓郁的文学气氛深深地感染了我对文学写作如痴如醉的心。编辑部每周二开例会，在例会时每人都得交一篇"内部交流"。尽管这"内部交流"文章的水平参差不齐，但都是每个人真心实感的倾吐，是每个人雄心壮志的抒发，是每个人瑰丽风采的展现。所以，编辑部这个狭小的斗室

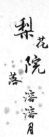

里，虽然简陋朴实，没有金碧辉煌的外表，没有红花绿叶掩映点缀，没有先进便捷的现代化摆设，却有纯朴简洁的韵味。每天有人值日，地面保持得干干净净，书籍报刊摆得整整齐齐，桌椅擦得锃光瓦亮。还有一个开水瓶，坐下来写作时，可以倒一杯蒸气沸沸的开水，然后放入几片乌黑的茉莉花茶叶，芳香四溢，呈现一幅闲情逸致、怡然自得的画面。编辑部里所有的成员都是学生，没有年龄代沟，彼此都有崇高的理想，有坚韧刚强的意志，有锐利进取的精神，组成了一个朝气蓬勃的群体。在这个群体中，有来自不同年级、不同系别的，但大家肝胆相照、同甘共苦、团结一致，把每期报纸或刊物办好，办得有北航学子的特色，办得有航空航天的强烈韵味，办得让领导表扬，让学生青睐，让教师好评。每期的刊物都凝聚了编辑部每个人的心血和汗水。可以问心无愧地说，其中每一个端正美观、飘着墨香的字，每一幅线条简洁却含义深邃的插图，都浓缩了编辑、记者们的心思，都沉淀着读者的真挚厚爱。在那一篇篇或色彩缤纷、文采华瞻，或文字凝练、语言朴实的文章里，尽管可能还夹着无病呻吟、稚弱懵懂，但剖切开每一个字，每一个词，都能看到，这些文章不啻是热情的燃烧，情感的悸动，内心的表白，热望的宣誓。也不啻是北航学子发自内心深处的对校园的热爱，对航空航天事业的追求。刊登的文章，大部分是学生自己写的，虽然不是出自大名鼎鼎的作家之手，纵观里面的"文苑漫步""思维驿动""清纯空间""诗海情潮"等栏目，却也可窥见精品迭出、好戏连台的端倪。在文苑里漫步，也正如在浩浩泱泱的书海中漫游，在博大精深的知识矿藏中开采，或介绍名人坎坷曲折、离奇非凡的一生以及逆来顺受、不屈不挠的奋斗精神；或评价名人结构精巧、语言玄妙、人物鲜

208

活的著作；或叙谈看完一本书后对其睿智哲思、敏锐悟觉的感受。"思维驿动"栏目，构筑着一种抒发心声的体系氛围，或疾风骤雨式的，或潺潺水流式的，或轻歌曼舞式的。年轻人有独特的心理特点和理性观念，这个栏目便成了年轻人抒写对人生大彻大悟、对青春深沉慨叹的园地。思维牵连着思想的洞察。在这个栏目中，可以自由自在地描绘生机勃勃的蓝图，尽展其能地积搭宏伟壮丽的框架。"清纯空间"，实际上是一种灵魂跳跃的空间，可以把抑郁与快乐相互交杂，糅合在一起的故事讲出来，与人共同承担痛苦，与人共同分享高兴，也可提供生活的妙方或经验的借鉴。"诗海情潮"，是激情进射的诗海，是灵感澎湃的情潮。编辑部里有句话传统地道出了同人们对文化情感真心追求："这儿没有风花雪月，没有闲聊神侃，只有平截窗口射入的缕缕阳光，只有二十多年的文化底蕴和执着的敬业精神。"不是吗？编辑部是一方肥沃的净土，是我们北航学子播撒人生希望的园地，是谱写壮志的殿堂，是奏响前进曲的基石。要说"没有闲聊神侃"，倒是一种夸张。其实这里差不多每人乐观豁达，交流写作经验也好，畅谈生活趣事也好，常常气氛活跃，如节日般喜气洋洋，笑声朗朗。我引以为荣的是，待在编辑部里热情工作两年多的过程中，收获了令我欣慰的硕果：不但锻炼了能力，而且增长了才干。

以上对语文与写作的酷爱侃侃而谈了不少。是宝贵的，该当珍藏；是厚重的，该当培植。

其实，我的爱好还不止对语文。我总感觉自己是个与生俱有浪漫型气质的人物。涉猎新奇，追求美好，参与趣味，在生活诸领域里方方面面的美丽东西，在我面前呈现出的是不可阻挡和抗拒的魅力。所以，常常为非自己拥有的高尚而感动，并

立志成才，努力读书，奋发图强，专心致志。或许这也是天生已有的争强好胜的性情吧。

就说唱歌方面吧。平时走路时哼哼小曲，自己是唯一的听众，便可以无拘无束，无牵无挂地唱。"妹妹你坐船头，哥哥我在岸上走……""从你的房子里面走出来，不要默默无闻守着你的窗台……""其实不想走，其实我想留，留下来陪你每个春夏秋冬……""妹妹你大大地往前走，往前走，不回也呀头……"等等，想唱什么就唱什么，无人旁加干涉："唱的声音像老太婆，别唱了。"但是现在于大众面前，越来越注重自己的"面子"，便越来越羞愧于引吭而歌了。以前年纪稍小，恬不知耻，好像对自己在大众面前会不会丢面子的事没去顾忌太多，看到别人尽放歌喉，音质甜美，音色圆润，虽然自叹不如，却也敝"声"自珍，仰头而唱，不显得羞羞答答。别人听罢，脸上不动声色，心中却有想法，便委婉地对我说："还是先把普通话发音练准吧。"有的人更露骨的评价是："少了音乐细胞。"这样，磁带听了不少，但只是听听而已。我最喜欢听小虎队、林志颖等的歌曲，或许是由于年龄相似，当然也有崇拜其翩翩之风度，俊帅之形象的原因。

人家为什么会叫我先把普通话练准呢？主要是因为我的汉语发音带有浓重的地方腔调，人家把我说的汉语谑称为"福建汉语"。或许是由于从小在福州长大，受到该地域的方言影响，或许，也有可能，像有些人半开玩笑地评价我那样，是由于"天生五音不全"的缘故。刚到北京时，听那浓郁的京味儿，感到不习惯，而人家呢，对"福建汉语"更是如鸭听雷，不知所云。过了一段时间，或许是入乡随俗的适应能力的效应吧，慢慢听惯了人家的京调，到现在感觉不出来了。而且，现在跟人家说话，听不懂我这"福建汉语"的人少多了，人家不再提及"福建汉语"这一话题。不过，带上了"北调"，回到福建，人家听我的普通话又怀疑我是北方人了。大二寒假回家，到福州高级中学的一个同学——老师的儿子，家中去叙旧谈新，他瞪着惊讶的眼睛："你现在又带上了一种调，太有特色了！"我笑曰："不过，我还带着'南腔'。但既然又带着'北调'，则是'南腔北调集'了。"他听完哈哈大笑，又说："好，这不也是一个特色吗？在北方人听来你有南腔，在南方人听来你有北调，在中国，不管在什么地方，你的话让人感觉新颖独特，自然对你留下更加深刻的印象。当然也包括女孩喽！"以后逢人谈到我的语音，我便随口而出："南腔北调集嘛！"唱歌最忌咬音不清，既然语音发不准，那么只能望"歌"兴叹了。

然而，这事好像又会发生变化。有一次在同学的怂恿下，去听了校内演唱会，认识了一位博士生。他是北航合唱团的，会唱歌也会电子琴。后来他借给我两本书：《唱歌练习要领》和《唱歌呼吸原理》。那次大二暑假，没回家，我按图索骥似的班门弄斧，什么呼吸练习、鼻音练习、吐字练习、感情运用等对我陌生的东西，我都跟着练习。这样，学会了用气。就在前不久去沈阳一个工厂实习，一天晚上，看了两小时《儿女英雄传》后，准备写一首诗，但又觉得眼睛疲劳，于是就倚靠在走廊的窗口，眺望远处在黑暗中迷迷蒙蒙、若隐若现的山麓，鸟瞰不远处河流旁的工地上，工人们忙碌穿梭的身影和喧喧嚷嚷的推土机工作的情景，俯望近处小街上闪烁不定，光怪陆离的灯光和川流不息、神情疲倦的人们。欣赏着夜景，不知何时哼起了小调。班上一女生在房间里听见了，第二天便问我那唱的是什么歌，特别好听。我受宠若惊，回答说只是随口唱几句流行曲。实习结束即将离开沈阳的那个晚上，系里把食堂租赁过来，搞一个联欢晚会，没什么精彩纷呈的节目，但有放MTV、唱卡拉OK的音乐设备。老师便叫大家不必客气，畅所欲"唱"，点歌免费。我照旧不想唱，但不去又不好，去听听别人唱也行。便带着司汤达的小说《红与黑》到食堂，班主任见状，把我手中的书，还有其他同学手中的，统统"没收"。我若无其事，正襟危坐。好像每个同学对唱歌都不敢大打出手，畏畏缩缩，"犹抱琵琶半遮面"，三请四请方可从座位上站起来，我便跟着拍掌加油，随声附和。班上文艺委员走到我面前，她坚持要我唱一首，说："我们班上只有你了。"我摇头谢绝："班上能唱歌的人不少，怎么能这么说？不好意思，我实在不会呀！"四周的同学照样拍掌怂恿，随声附和，可我不像以前那样老想出风头了，盛情难却也得却了。

虽然有人说我"少了音乐细胞"，可是喜欢唱歌仍一如既往。固然没有百灵鸟般的清脆悦耳的嗓音，但是，我想能不能学项乐器呢？住在对面宿舍的同班同学小王，会弹吉他，抹动琴弦，如"大珠小珠落玉盘"，我被吸引了，下定决心，向通晓吉他的高峰跋涉。伊始，从识谱、了解基本乐理起，攻克一个个难关。因为音调辨不清，虽然每天都花了一点时间弹弹练练，但水平停滞不前，弹出的声音没那么节奏分明，铿锵有力，给人沉闷的感觉。有人便开始对我指手画脚了："我看大学四年弹不出一个调。"而对面宿舍中的张某也学吉他，比我稍好，我每次到他宿舍，他都揶揄："三百六十行，什么集邮、下棋、桥牌、画画、书法等等，爱好的出路这么多，你干吗非得搞跟音乐有关的？"也有的好心地劝我："算了，别去玩这东西了，浪费值得吗？还是去写作吧，有一个爱好就行了。"我这性情，对善意建议的感激不尽，并郑重考虑其建议；对冷嘲热讽的，默默承受，动力更足。心想："你看不起我，我偏要搞出让你面热耳红的壮举来，即使一年、两年、五年、十年内或许行，'君子报仇，十年不晚'！"这就是我不可渝变的性格。大二下学期呈现出了焕然一新的面貌，手指灵活了，对音调准确性的把握也好多了，于是弹奏水平像在直线上陡然而升。大二暑假，约一个月小学期用去了设计减速器，设计"机械原理"机构，还剩下约一个月，我集中精力，摊开那厚厚的《民谣吉他教程》，不知疲意地练。由于编辑部晚上不熄灯，彻夜通明，每当夜深人静的时候，我还在日夜兼程地"拼搏"。因为一天十几个小时连续不断地工作，左手按和弦的手指显然疲惫不堪了，几乎达到了麻木而不可动弹的状态。而且指尖的肉皮被弦的细钢丝压出了深深的伤痕，猩红的鲜血开始渗出来了。但是我知道"梅花香自苦寒来，宝剑锋从磨砺出"的道理，知难而上，锲而不舍地继续练。果然，"功夫不负有心人"，一个月后，指尖生成了一层茧，手指不再感到酸，感到累了，常用的从C、D到E、F、G、A、B的大调及小调和弦也能变化自如。之后，本着"欲速而不达、循序渐进"的原则，订了弹练计划，大三一整年，每周只要学一课，或者也有的两周一课。坚持不懈地学，如期完成了计划，学完了连音、滑音、重音的左手技巧，算学完了中级教程。现在没时间，但尽可能能腾出哪怕几分钟的时间来练。但未能进入到练习难度更大的so-lo高级阶段，一方面由于时间的原因，一方面也想把中级的东西进一步弹练至炉火纯青的地步。有了这样的水平，从来没人敢再妄加评价："四年弹不出一个调。"再走至对面宿舍，张某看到自己和我相比，已经黯然失色，只能低头无语。但我不骄矜傲慢，

却谦逊地说："张某，弹弹吉他吧，让我学学你的技巧。"他自知水平逊色得多，只小声地说："学学，现在这么谦虚了？"现在每当抱着外表图案美丽、颜色斑斓的心爱的吉他，伸开灵活自如的手指，勾动弦线，清脆的优美悦耳的乐音便袅袅娜娜地从空中荡漾开来。听着这和风细雨般的绵绵的音韵，心好像醉游在春光明媚、红花鲜艳、香气腾漫的花园里。我现在不去想自己到底有没有音乐细胞，却坚信着："世上无难事，只要肯攀登！"

我向往丰富多彩的生活。弹吉他有时能驱散忙碌的困倦，有时能消除失意的懊恼。这是一个方面，高兴时也可抱着吉他，或在蓝天白云下、绿油油的草地上，或在隔开喧嚣的宿舍里。当然，舞也是一种宣泄兴奋的方式，尤其是迪斯科，跳得刚劲有力，舞姿变化分明，能给人阳刚美的感觉。或许是年轻的心喜欢烂漫的缘故，我最钟情的舞还是迪斯科。可惜的是现在没时间，很少去跳舞了。

可以没有爱好，但纷纭芜杂的生活中，不能缺少吃和穿。说来也让人发笑，我对烹饪也极感兴趣。现在床头的书架上还摆着一本关于做菜的书。书上说生活水平提高了，不再只求吃饱，还讲究"色、味、香、形、器"五项俱全。曾经纸上谈兵似的研究各种拼菜技巧，研究各种做菜技术，焖、炖、炒、烩、烤、煨……每次寒假回家，做除夕年夜饭时，自告奋勇，扎上腰布，挽起衣袖，拿起菜刀，乐此不疲，说是妈妈的"高级助理"。我对全家宣告：为了庆祝全家欢聚、年年有余，特别成立一个除夕年夜饭家庭委员会，爸爸是主席，妈妈是副主席，我是妈妈的助理，而弟弟是我的助理。我拿笔、拿筷子等该右手的用右手，可拿刀，也仅仅拿刀有个怪习惯，只能用左手。

我左手拿刀，有时切开的菜不均匀，妈妈便笑着说："你看这个'左手拐'的，还是我自己来吧。"我帮忙时，得常常问："白菜放在哪儿了？""鱼放在哪儿了？""蛤蜊放在哪儿了？"……可我高兴的是，弟弟听我使唤，"忠心耿耿"。但有时忙累了，也问："哥哥，你干吗要帮着煮菜？坐在那儿等着吃不更好吗？"我回答："你小小年纪懂什么，我看过书，书上说做一个模范丈夫，其中有一条件是要具备娴熟的烹调技术。你懂吗？"弟弟听完，扑哧一笑。妈妈转过来笑着说："先考虑做个模范学生，以后再考虑做个模范丈夫。"爸爸在木墩上切猪脚，微笑无语。做一个美食家的梦，至今还萦绕于怀。

而穿呢？"爱美之心，人皆有之。"如果不是铺张浪费，则讲究穿戴是很有必要的。我认为，衣的功能不只是遮体御寒，还有改善心情、美化社会、增厚友情等。从某一方面说，服饰显示着一个人的身份、地位、修养、气质、爱好等。虽然说不能以貌取人，但我自己的看法是，塑造美丽的自我是大重要特重要的。曾经也看过专门讲穿戴的书。其中说男士最好全身不超过三色，少华丽、多搭配。高中时非常喜欢买港台明星的相片，然后跟着学，什么蓝色牛仔裤配白色毛衣，什么款式、什么颜色应配什么样的皮鞋，等等，极力模仿。到了大学，不再热衷于这些东西，也没必要，自己在长期的实践中总结了一套适合自己特点的打扮方法。我的穿戴原则是：打扮出英俊的帅气、打扮出活泼的朝气、打扮出年轻的美气。

看到这里，也许有人会问："你爱好那么广泛，既弹Guitar，又跳Disco，既讲究吃，也讲究穿，我看你对学习肯定不用功。"其实不然。我的座右铭恰恰是"书山有路勤为径，学海无涯苦作舟"。一伟人曾说过："天才是什么？终身勤奋，便成天才！"高中，特别是高三，哪里可以找到无所事事的一天？班上有一同学曾说："天天忙，生活不是太累了吗？"其实，我觉得，把生活的计划排得紧凑合理，有条不紊，不但能充分利用生命的时间，还能使精神充实丰富。高中时，奶奶常常笑着问我："真有那么忙吗，上厕所也要带着一本书？"我说："蹲在那儿有一两分钟时间，还可以背几个英语单词呀。"习惯成了自然，就像一厢情愿、乐意去干某一件事，不再会有什么勉人所难的感觉了。她大约不懂得滴水穿石、集腋成裘的道理，但我是懂得的。这个上厕所带书的故事，自然而然地在亲朋好友间传为了佳话，至今，还被乡亲邻里津津乐道。

　　纵使喜欢写作，但只是爱好而已，在大学里，学习仍然是主旋律。学习第一，爱好第二，主次关系不能本末倒置，否则就是喧宾夺主了。其实我也热爱航空航天事业。指导员曾在开大班会时指出："学习一定抓紧，毕业前夕找工作就凭成绩单。"既然如此，不好好学习，行吗？现在是大四上学期了，不到一年的时间弹指即逝；眼看离别在即，有点懊悔起大一放在学习上的精力少了点。大学四年是这样的：大一"彷徨"，大二"故事新编"，大三"呐喊"，大四"朝花夕拾"。怀着喜悦的心情跨入北航校门，尽管一片片青翠欲滴的绿叶，一簇簇溢彩流光的花木把园点缀得秀丽无比，但是入学不久，便会发现，原来想象中的如桃花源般的大学校园里，仍有浊语骂人、随地吐痰的现象。这时，感到彷徨，在大学里到底怎样去适应，茫然不知所措，甚至会感到心灰意冷。有时想到已圆大学梦，便对学习漫不经心，开始下棋、打牌，游山玩水，闲侃贪睡。但大一下学期一门成绩不理想对我敲响了警钟，对大学是什么，从扑朔迷离的各种现象中逐渐理出了头绪。于是，重新思索，开始"故事新编"。不再去想那彩灯缤纷、柔曲飘逸的舞会；不再去瞎逛青山秀水、古香古色的颐和园；不再去溜达那商品琳琅满目的商店；不再去雅坐那装饰豪华辉煌的酒吧……黄昏落日之时，便背着鼓突突、沉甸甸的书包，匆匆地奔向教室；周六、周日，也照旧潜心于书本，游弋于知识海洋里。于是，大二一年下来，获了人民奖学金，也获了个"优秀学生干部"称号。当同时手捧三本颜色红艳艳的塑料皮奖状时（其中另有一本是大学英语四级合格证书），感情的潮水像欢乐的小溪在山间跳涧越壑，一路唱着欢快的歌，向前潺潺地流淌……

创业是艰难的。柳青笔下的梁生宝的创业史户喻家晓，其艰难是典型的人生奋斗历程的写照。对我们九十年代的书生，创业史的难度差不多。但是，"逆水行舟，不进则退"。要知难而上，"直挂云帆济沧海"。与一低年级的女生闲聊时，她说："世界上美丽的东西太多了，我既想要这个，又想要那个，可是什么时候才能达到成功的顶点，创业不是太艰难了吗？"我则这样回答："不要心有旁骛、胡猜乱想，要孤注一掷、破釜沉舟。"大学里读书也有轻松的时刻，有如霍达笔下的韩新月，在北京大学里的烟波浩渺、烟雾缭绕、绿树环抱的未名湖旁看书时的心情。然而，有的是压力，生活上的压力、学习上的压力、求职上的压力……

我认真学习，不但助于增长才识，还助于提高修养。现在很大一部分上能做到随遇而安，能控制住烈性脾气的的发作。但是，记得小时候的脾气很急躁，一遇到家长的指责便嘴拉得长长的一赌气，而且一赌气则要赌半天，一遇到不顺心的事，便闷闷不乐，怨天尤人。记得很小的时候，具体的年龄不确切了，有一次，弟弟没有事先一起商量，把家房屋旁边孩子们自

己种的黄瓜摘去吃，而且没有给我留。那条条黄瓜是孩子们亲手劳动的成果。从邻居借来锄头，开垦出一块小菜畦，从市场上买来一些黑黝黝的籽儿，种下去，浇水，施肥，不久便萌发出两瓣嫩油油的绿芽，再找来小竹子，搭起一个架，数月后，便爬满了密密匝匝的藤蔓，翠绿欲滴的叶子翘望苍穹，迎风摇曳，煞为壮观。不久，便长出含苞欲放的花蕾，再不久，便开出黄澄澄的带小尖刺的花儿，之后，便长出绿莹莹鲜嫩嫩的扁长形黄瓜。啊，吃自己种的跟市场上买来的，感觉不一样呀！弟弟就这么给摘了，我一放学，以扔在那儿的皮推断到这事，就怒气冲冲地跑到屋角，选准两棵，连根拔起，我说，上面或大或小的黄瓜全归我吃。回到家，削去皮，切成小片，蘸着白糖，一个人坐在桌子边，狼吞虎咽起来。弟弟在旁，瞪着眼睛，一声不吭。妈妈见状，啼笑皆非，连连摇头，说："哎呀！啧啧啧……我生的这个孩子怎么会这样呀？"往事如烟，如今一想起，就沉浸在无穷的回味之中……

生活是波浪起伏的河流，蜿蜒而前；命运是海滩的沙砾，冲冲撞撞。

本书中写对老师、家长感激的文章有好几篇，如《我的挚爱的奶奶》《我的敬爱的老师》等。今生二十一年来，关心我成长，关怀我学习的家长、亲戚、朋友、老师们不计其数，我永远心存感激不尽的恩情，但无法把每个人一一写出来，深表遗憾，并在此表示最衷心的感谢！

其实写这本书花的时间并不长，约一个月。从大三下学期的第三周起，边上课边写作，一个月下来，集了十万多字。因为还要上课，还要做作业，所以为写稿而开夜车是习以为常的事。在之前，也零星积了几篇，但越看越不满意，干脆舍去，只留《我的挚爱的奶奶》和《为了一个芬芳清香的园地》两篇，但都经过了修改。大三暑假还未去沈阳实习前的一整个月里，赶紧抓住时机，把想集结成本的文章全部拿来细心推敲、精心修改，然后一个字一个字地誊抄在方格纸上。有几篇是在实习之后写的。写完后，自己又认真地审查一遍，看看还有没有写了错别字，还有没有哪儿语句不通的地方。其实，从写到修改，再到定稿，可以说是凝聚了很多的劳力和心血的。另外，尽管我写作时尽量调动遣词造句之能事，调动脑中之知识库，也尽量咬文嚼字，但又很可能有些地方有刻意雕琢之斧痕，有无病呻吟之弊病，有思想贫瘠之缺憾。但我才处这年龄，又未大学毕业，阅历有限，而且也非文学专业之学生，所以，我想读者是会宽宥我、原谅我、理解我的。

几乎所有作家都说，写作是件苦脑力的事。我现在当然算不上一个作家，但我也觉得，精神产品是要付出巨大的脑力劳动的。一个作家跟我介绍他的写作经验："睁开眼睛细心观察，低下头颅认真思考，敞开心扉博广求知，提起笔杆子勤奋习作。"的确，写作是件不容易的事，要想写好更是不容易了。就在前几天，在《光明日报》上看到一篇文章，作者说没有知识与经验的日积月累想创造出惊世之作，那是不可能的！这是该文人的写作心得，千真万确。莫泊桑经过十年的动写苦练后，才写出了《一生》《漂亮朋友》《羊脂球》等不朽著作。萧伯纳在九年的努力练笔后，才成为一个大诗人，而这九年间他才挣到了三十块稿费！还有美国优秀小说家杰克·伦敦等，他们无不历尽艰辛，然后"小荷才露尖尖角"，然后一举成名，名震尘寰。说这些，主要的目的是想表明一个观点：在以后的人生道路上专门去走文学道路，我不会轻易地选择。我们念理科，航空航天事业不也有广阔的前景吗？但也不会轻易地放弃写作，既然是爱好，可以保持嘛，而且我想也应该毫不懈怠地努力，说不一定，以后自己也有可能成为一名名副其实的作家，十年后，二十年后，三十年后，都行。有一位出版社的编辑对我说："'世上无难事，只要肯攀登。'你现在都能写出一本书来，争取未来当一个作家，有什么不可能？"我也这么想，不是有句俗语说"捷足先登，强者必胜"吗？著名作家池莉、毕淑敏不就是先学医，后成作家吗？

也许有人认为，我一出书，会像骄傲的公鸡，翘起尾巴。然则我说："街上书店举目皆是，书店中的书也浩如烟海，多如牛毛，流芳百世之名著亦不少，我出了本散文集得意扬扬个什么劲？再说有可能在有的人眼中如废纸一堆。"我觉得自己的写作水平跟人家相比还处在小学生阶段。原来也有继续写点东西，甚至小说之类的想法，但基于对明年毕业后的出路而考虑，赶紧专心致志地继续学习外语和专业课。把心思转入专业课的学习上，目标一改变就需要重新抖擞精神，扬起风帆，乘舟破浪前进

人生的道路是漫长的。但是，虽然如此，我却在《效率手册》的扉页上写了一句自勉的话："豁达自信＋目标明确＋方法正确＋坚持不懈 =Success（成功）。"

还是回到说本书的问题。如果没有有关人员的鼎力支持和帮助，那么想本书付梓出版是太困难了。因此，我在此对不计较个人劳累的他们表示最衷心的感谢！

想象自己的书被出版后的情景，脑海里呈现出一个封面彩图斑斓的书影，其中的方块字也似乎历历在目。可以说，其中的每个字，甚至每个标点符号都费尽了我心思。这样想着，便

觉得眼前是一派丰收的景象：开着的绚丽多姿的红花结成了浑圆熟稔的硕果，垂在枝头颤颤漾漾，惹人心爱……梦想成真时分，我尽可能会欣喜若狂、心花怒放。宛如筋疲力尽的人已经登上了高耸入云的峰巅所会产生的那种心境。如果再俯瞰着山底的一望无际的波光粼粼的大海，则会由衷地感叹：哟，生命多么壮丽啊！

提起笔来写后记，不知不觉好像患了长篇大论的毛病。赶紧控制住写作思绪的无止境地飘飞，从头到尾再重读一遍，好像有胡七八扯之感，但是，那些所说的却都是一个真真实实、磊磊落落的"自我"！

又一个冬天来临了，室外冷飕飕的风吹得树叶纷纷坠落。可此时我脉搏中流淌的血液在炽热地沸腾着……

是为后记！

官开檀

1997 年 11 月 15—16 日于北京航空航天大学